KB214188

2024 제2회
군산초단편문학상
수상작품집

2024 제2회
군산초단편문학상
수상작품집

차례

낯선 사건에
바치는 뻔한 제물

양서토

경기도와 21세기에 평생 갇혀있다. 학교를 다니고 있다.
문학을 전공했다. 십오 년째 학교를 다녔고 그동안
거의 아무것도 하지 않았다. 보통 어떤 말을 해야 할지
잘 모르겠다. 중요한 말을 못 한다. 내 글이 나보다
착하거나 유능했으면 좋겠다.

모든 머리는 만두를 닮았다. 그러나 어떤 머리는 다른 머리보다 더 만두를 닮았다. 나는 어떤 머리들보다도 더 만두를 빼닮았다. 아니, 그보단 다른 말로 시작하는 게 좋겠다. 영의 침대에서 깨어난 나는 몸이 없이 돌연히 머리만 남아있는 내 모습을 발견했다. 머리만 남았지만 징그럽지는 않다. 그런대로 납득이 가는 생김새다. 머리의 윤곽은 펑퍼짐하고 눈과 입은 더 커다래져서 실제 사람의 머리 같지 않았다. 사이즈도 세 배 정도는 크다. 너비가 베개와 엇비슷하다. 내 머리는 진짜 머리가 아니라 머리의 기호처럼 생겼다. 기호화. 나는 중얼거린다. 거울을 보고 상황을 파악한 나는 조급해져서 방바닥을 뿔뿔뿔 뛰어다닌다. 다리가 없어도 머리의 넓적한 밑동으로 뛰어다닐 수 있었다.

하지만 팔이 없어서 문을 열지는 못한다. 성대도 폐도 없지만 어째서인지 목소리는 낼 수 있다. 하지만 내 목소리는 아니었다. 나는 다급하게 영을 부른다. 자고 있던 영이 일어난다. 내가 "영!"의 이름을 불러도 영은 대꾸하지 않는다. 잠이 부족한지 멍해 보였다. 영이 나를 양손으로 붙잡아 올린다. 나의 볼살이 커다란 흰 반죽처럼 영의 손안에 무너지듯 감긴다. "만두?" 영이 나를 그렇게 불렀다. 원래부터 영은 만두를 좋아했다. 그리곤 침대를 돌아보며 "일은 어디 간 거지." 하고 중얼거린다. 나는 내 것이 아닌 목소리로 나의 이름을 댄다. "내가 일이다." 영은 웃음을 터뜨린다. 만두가 풀쩍풀쩍 날뛰는 모습이 퍽 재밌는 모양이다.

　　하지만 만두가 되는 건 하나도 재미있지 않다. 곧 나의 전화기가 울었다. 영이 "일!"을 부르지만 나를 놔두고 일을 찾을 수는 없다. 내 전화를 영이 대신 받는다. 그건 아마 직장에서 온 전화일 것이다. 나는 공무원이다. 이런 상황에선 전화가 오게 되어있다. 영이 우물쭈물 댄다. 나는 전화를 나에게 바꾸라고 소리친다. 영은 망설이다가 전화를 돌린다. 상사의 출근 독촉이었다. 나는 변명을 생각해 본다. 바르게 말하자면 어젯밤 야근을 한 탓이다. 나는 몸에 이상이 생겼다고 둘러댄다. 나중에 병원 진단서를 제출하겠다고 장담한다. 내 목소리가 이상한 걸 알아챈 상사는 아프다는 말을 특별히 의심하지 않는다. 전화를 무사히 마친다. 나를 보는 영의 눈빛에서 장난기가 걷힌다. "오늘은 집에 있게?" 그래야 했다. 만두가 출근했다간 놀림감이다. 영이 나를 안아 소파로 가서 주저앉는다. 난 영의 무릎 위에 얹힌다. 영이 머리를 쓰다듬을 때마다 피부가 늘어나며 얇아진다. 그걸 알아챈 영은 나의 살을 더 집요하게 만져본다. 그러나 내 피부는 속이 비치기엔 너무 두껍다. 속이 어떻게 된 거야…. 그걸 알기 위해선 나를 찢는 수밖에 없다. 영이 원한다면, 찢어볼 수도 있을 것이다. 그러나 영은 그러지 않는다. 꼭 확인하지 않더라도 괜찮다. 내가 만두건 인간이건 상관없다. 속은 다 비슷하다. 우리는 그대로 몇십 분이고 흘려보낸다. 그러다 다시 전화기가 울린다. 그건 영의 전화다. 영에게 온 전화도 용건은 마찬가지인 모양이다. 영은 결근하겠다고 알린다. 나는 영을 말린다. 영은 조금 화가 난다. "만두 주제에 말이 많아!" 가끔은 영의 속을 모르겠다. 영은 그대로 나를 두고 나가버린다. 나는 체중계로 달려간다. 나는 십 킬로그램이다. 중형견 정도의 체급이었다. 그렇다고 중형견과 싸워서 이길 자신은 없다. 사실 이 꼬락서니로는 무엇과도 싸울 수가 없다.

　　나갔던 영이 돌아왔다. 돌아오지 않을 줄 알았는데 금방 돌아왔다. 그가 점심거리를 사 들고 왔다. 종이 포장 용기 속에 고기만두가 들어있다. 고기만두가 잔뜩이다. 나는 신경 쓰지 않는다. 영은 원래 만두를 좋아하니까. 포장해 온 만두는 일 인분이 넘어 보였다. 그 많은 만두가 전부 영의 것이라고 한다. 내 몫은 따로 준비해 주었다. 영이 나를 식탁 위에 마주 앉힌다. 영이 나를 보며 만두를 먹는다. 그가 만두를 삼키고 나서 입을 연다. 너는 누구야? 내가 일이라고 말하지만 영은 부인한다. 일은 머리가 아니야. 너처럼 귀엽지도 않고. 나는 역으로 묻는다. 내가 일이 아니라면 일은 어디에 있냐고? 영은 입속의 만두를 우물거리다가 대답한다. 아직 돌아오지 않은 거지. 일은 자주 집에 들어오지 않았다. 영은 부지런히 입안을 씹는다. 아직 만두 상자는 다섯 판이나 쌓여있다. 나는 무리하지 말라고 만류한다. 이런 말 하긴 싫지만 살이 찔 거라고 충고한다. 영은 "만두 주제에."라며 나를 노려본다. 내가 겁먹으니까 영은 또 겁을 풀어주려는 듯 재밌어한다. 영은 나를 제외한 만두를 모두 해치우고 만다.

식곤증이 온 영은 나를 껴안고 누워버린다. 아직 낮이다. 영이야 가끔 낮잠을 자더라도 나는 낮잠을 자지 않는다. 지금은 낮잠을 자야 할 것도 같았다. 자고 일어나면 몸이 원래대로 돌아올지도 모른다. 그러나 영은 정반대의 이야기를 한다. "네가 정말 일이라면 어떻게 만두가 됐는지 설명해 봐." 영은 만두가 될 셈이다. 하지만 만두가 되는 법 따윈 나도 알지 못하며 알아도 말해주지 않을 것이다. 내가 온몸으로 도리질을 하자 영은 울컥해서 나의 무른 몸을 괴롭힌다. "어떻게 된 거냐고!" 나는 간지럽다고 생각한다. 영은 나의 몸을 찢어지지 않을 정도로 파헤쳐 보지만 그는 원하는 것을 알아내지 못할 것이다. 그렇다고 내가 원하는 대로 되는 것도 아니다. 언젠가 영도 돌연 만두가 되어버릴지 모른다. 나뿐만이 아니다. 원래 모든 머리는 만두를 닮았다. 나는 머리가 만두를 닮은 이유에 대해 떠올린다. 남만 강의 분노를 잠재우기 위해선 인간의 머리를 바쳐야 한다. 인간의 목을 자를 수는 없었던 현자는 밀가루로 피부를 빚고 속에 돼지의 고기를 채워 머리를 대신했다. 그건 제사에 바치는 희생물이었다. 그래서 만두는 사람을 대신해 죽는다. 재미없는 이야기였다. 원래 모든 내막은 뻔하다. 내 이야기를 듣던 영은 어느새 잠이 들었다. 나는 강에 둔 만두가 제대로 죽었을지 생각해 본다.

당선 소감

소설을 쓰고 상을 받았다. 상을 받으면 상을 받은 소감을 쓰게 된다. 소감 쓰기가 소설 쓰기보다 더 더디고 어색하다. 소설은 여러 편 썼지만 수상 소감을 써본 적은 없다. 철없는 소리를 적게 될까 봐 무섭다. 상을 받는 일은 어색하고 무섭고 그래서 얼떨떨하다. 항상 바라던 일인데도 그렇다. 좋은 글로 봐주길 바라고 투고했으면서 막상 그렇게 봐주니 또 믿기지 않는다는 건, 심보가 꽤 뒤틀린 것 같다. 나는 좋은 일이 생기면 자주 고장난다.

소감문이 이상해질 것 같다. 이상한 소설로 당선되어서 그런 것 같다.

고등학생 시절 짧은 소설을 좋아했다. 흔히 아는 단편 소설의 기준보다도 더 짧은 소설이다. 주로 콩트라고 불렀다. 보르헤르트의 〈부엌 시계〉, 아쿠타가와 류노스케의 〈코〉와 〈귤〉, 우리나라 작가 중에는 김영하의 〈로봇〉이 좋았다. 세 작가와 그들의 작품을 이런 식으로 엮는 것은 어딘가 묘하다. 그것들은 짧다는 점 외엔 서로 닮은 점이 거의 없는 것 같으며 설령 있더라도 내겐 잘 보이지 않는다. 어쩌면 짧다는 점 자체가 특정한 미감을 이루는 것 같다. 그것들은 작고 단아한 세계를 가졌다. 그 세계는 한눈에 들어와서 전체상을 어렵지 않게 알아볼 수 있다. 내가 그런 글을 쓸 수 있다면, 그렇게 쓴 글을 남들도 좋아해 주면 좋겠다고 항상 생각했다. 요만한 글이 주목받는 일은 좀처럼 없다. 나의 사소한 글이 발견될 수 있었던 이 기회를 기쁘다고 귀하다고 감사하다고 생각한다.

　　　나의 글에 관해 무언가 말을 해야 할 것 같다. 되도록 점잖고 번듯한 말을. 하지만 나는 그런 말을 할 줄 모른다. 내가 지은 글에 대하여 설명하기가 어렵다. 이에 관해 자꾸만 어떤 문장들을 썼다가 지웠다가 하고 있다. 말할지 말지 망설여지는 말은 대개 하지 않는 게 좋다는 믿음이 있다. 나는 그 망설여지는 말들을 간혹 소설에 적는 것 같다. 자기 소설에 관해 말하기가 어려운 이유는 그 때문인지 모른다. 여기선 확신이 드는 말들만 적고 싶다. 너무 기쁘다. 운이 좋았다는 생각이 든다. 거의 죄스러울 만큼 감사하다.

가작

김도란

알로에 베라

김도란

'도돌이표'를 '도토리표'라고 우기는 아이들을 좋아하고,

투명한 색과 반 고흐의 노란색을 좋아합니다.

색이 얽혀 빛처럼 보이는 글을 쓰고 싶습니다.

엄마가 알로에가 되어버렸다고 대뜸 울었다. 친구에게 말해봐야 이렇다 할 답이 없을 걸 알고 있었다. 그저 하소연할 곳이 필요했다.

"아…. 많이 당황했겠네. 나도 그랬거든. 우리 아빠 파리지옥인데."

전화 너머 덤덤한 반응에 서운할 때쯤 돌아온 수빈의 대답이었다.

"울 아빠는 사실… 좀 됐어. 그렇게 된 지."

그동안 왜 말 안 했냐 다그치려다 일만 생기면 연락을 끊고 사라지던 수빈의 패턴이 생각났다. 서운함은 감격스러움으로 변했다.

"뉴스는 봤지?"

우리 부모 세대에서만 나타나는 식물화는 원인을 모른 채 번지고 있었다. 하지만 헤드라인만 봤을 뿐 자세히 읽어본 적은 없었다. 엄마가 알로에가 되고서야 이리저리 찾아봤지만 시원한 해결책도 원인 규명도 없었다. 일단 죽지 않게 잘 돌봐주라는 말뿐이었다. 공식 브리핑에서는 단어만 바뀔 뿐 되돌릴 대책이 거의 마련됐다거나 치료제 임상시험 중이라는 내용만 몇 주째 반복했고, SNS에서는 비밀 약품 실험의 결과라느니, 의도적으로 치료제를 숨기고 있다느니 하는 음모론이 부글부글 끓어 넘쳤다.

수빈을 만나 어떻게 하고 있는지 물었다. 가장 궁금했다. 뜬금없이 알로에라니. 키워본 것이라곤 애들이랑 천원마트에서 산 토마토 모종뿐이고, 그마저도 손톱만 한 열매를 본 후 흥미가 떨어져 말라 죽는지도 모르고 방치했다. 수빈은 그냥 물 주고, 영양제 주고 이것저것 찾아서 나름대로 돌보고 있다고 했다. 가끔 잎이 흔들릴 때가 있는데 아빠가 할 말이 있나 싶은 이상한 생각이 들기도 했단다. 한번은 무슨 말이라도 할까 봐 몇 시간을 쳐다본 적이 있다고 했다. 생전 해본 적 없는 식물을 키우려니 머리가 아프다고 싱거운 농담도 던지면서.

"우리 애는 아직 몰라. 할아버지가 두고 가셨다고 했어. 마침 오셨을 때라고 해야 할지 하필 오셨을 때라고 해야 할지… 갑자기 오셨었거든. 그래서 내가 좀 예민해졌던 것도 있었지…. 아참, 우리 애 이번에 영재원 선발됐어."

어느새 우리는 애들 학원, 남편 이야기로 넘어가 있었다. 그러나 우리 사이를 채우던 수다가 한순간에 뚝

끊겼다. 애들 하원 시간을 알리는 알람 소리 때문이었다. 카페를 맴돌던 습한 공기가 우리 위로 내려앉은 듯했다. 수빈은 일어나자며 머쓱한 듯 웃었다. 또 보자고, 힘내자고 공갈빵 같은 인사를 나누며 멀어졌다.

　　아이 둘을 데리고 집에 들어오니 땀이 비 오듯 했다. 아이들은 약속이라도 한 듯 미리 틀어 둔 에어컨 앞에서 입을 헤 벌리고 서 있었다. 땀에 축축하게 젖은 아이들 뒤로 베란다 한쪽을 차지하고 있는 알로에가 보였다. 애들 냉방병 걸린다며 한소리 늘어놓을 엄마 목소리가 들리는 듯했지만, 알로에는 그저 고요히 빳빳한 줄기를 뻗고 서 있었다.

　　그날, 급하게 이것저것 사와 엄마를 화분에 심었다. 이게 맞는 건지 의심스러웠지만 달리 방법이 없었다. 물을 줘야 하나 안 줘야 하나, 어디서 본 것 같은 이미지들이 이것저것 떠올랐지만, 막상 실행하려니 망설여져 일단 볕 좋은 베란다 한편에 두었다.

　　알로에가 되어버린 엄마를 물끄러미 바라봤다. '엄마, 줄기라도 흔들어 봐….' 그제야 몇 시간씩 보고 있었다던 수빈의 마음이 이해되었다. 시원한 거실과 달리 베란다는 후덥지근했다. '괜찮으려나, 엄마…?' 허리를 숙여 화분 양 끝을 잡고 힘을 줘 들어 올렸다. 제법 무거웠다. 낑낑거리며 거실 쪽으로 다가가다가 알로에라는 사실을 떠올리고 멈칫했다. 거실 코 앞까지 들고 간 화분을 원래 있던 자리에 다시 내려놓았다. 아이들은 어느새 장난감을 흘뜨려 놓은 채 투닥거리고 있었다. 시끄러운 소리가 거실을 가득 채웠지만 베란다에서 바라보니 평화로워 보였다. 우리 아이들도 할머니가 알로에가 됐다는 걸 모르고 있었다. 엄마가 애들 봐주러 집에 온 날, 아이들 등원시키는 사이 일어난 일이었으므로.

"엄마! 내가 알아서 해요. 내 애잖아."

뭘 그렇게 덕지덕지 바르냐며 애들이 햇빛도 받고 해야 잘 크지, 하던 엄마의 잔소리에 무심코 나온 짜증이었다. 아휴, 그래 알겠다며 소파에 털썩 앉으시던 모습이 알로에가 되기 전의 마지막 모습이 될 줄은 몰랐다.

숙제를 시작한 아이들 옆에 앉아 검색창을 띄웠다. 사진 검색이 꽤 유용했다. 엄마는 알로에 중에서도 '알로에 베라'였다.

거친 사막 기후에서 잘 자라는 만큼 한국 기후에도 잘 적응하며, 물도 적게 줘도 되고 별도의 관리도 필요 없다. 여름에는 물을 잘 먹기 때문에 한국 장마에도 잘 견딘다. 피부가 자극받은 상태에서 진정시킬 때 효과가 좋다. 찰과상, 화상, 벌레 물린 곳, 부스럼, 염증 등에 바르면 상당히 잘 낫는다.

잎을 자르면 나오는 맑은 젤 형태의 수액은 화상을 치료하는 데 효과적이다. 이름의 '베라'는 '진실'이라는 뜻의 라틴어로 오래 전부터 약효가 뛰어나 이런 이름이 붙었을 것으로 추정된다.

검색 내용에 묘한 안정감이 들었다. 수빈이보단 낫다는 마음이 멋대로 올라온 순간, 둘째가 숙제하기 싫다며 투정을 부렸다. 평소보다 크게 소리가 나갔다. 입을 삐죽거리는 아이를 보자 죄책감이 들어 무심코 베란다 쪽을 쳐다봤다. 알로에가 된 엄마 뒤쪽으로 검은 구름이 빽빽이 몰려들었다. 이번에는 큰아이가 배고프다며 징징거렸다. 나는 알로에에 시선을 고정한 채로 아이에게 조금만 기다렸다가 저녁을 먹자고 했다. 두툼한 줄기가 뿌리 쪽에서 위로 점점 얇아지며 굵은 가시를 삐쭉삐쭉 세우고 있는 모양새였다. '고집 세던 엄마 닮았네, 그때 내가 짜증을 내지만 않았어도 괜찮았을까, 육아를 도와 달라며 부르는 게 아니었나, 아프다던 어깨는 괜찮은 건지, 이상한 홍삼 사드신 거 말리지 말 걸 그랬나, 아버지랑 싸우면 편 좀 들어줄 것을 뭘 그렇게 잔소리 했을까….' 알로에 앞에 쭈그리고 앉자 만약을 가장한 후회들이 삐죽삐죽 올라왔다. 굵은 빗방울들이 하나둘 베란다 창을 때리기 시작하다 이내 와르르 쏟아졌다. 빗소리에 모든 소리가 묻힌 듯했다. 천둥

보다 큰 소리가 베란다를, 엄마와 나를 둘러쌌다. 아이가 뛰어오는 인기척이 느껴졌지만, 고개를 돌릴 마음이 들지 않았다. 그저 멍하니 엄마만을 바라봤다.

"엄마!! 형아!! 형이!!"

울부짖는 소리에 정신을 차리자 큰아이가 부엌에 울며 서 있는 모습이 시야에 들어왔다. 옆에는 냄비와 물이 엎어져 있었다. 아이의 손등이 벌겋게 부어오르고 있었다. 정신이 없었다. 일단 차가운 수건을 아이의 손등에 얹었다. 앱을 열어 택시를 불렀지만, 좀체 잡히질 않았다. 아이의 울음소리와 빗소리가 대결하듯 섞여 들었다. 머리가 어지럽고 호흡이 가빠지자 참지 못하고 손에 쥐고 있던 것을 던졌다. 핸드폰은 바닥을 크게 두 번 튕겨 베란다 쪽으로 떨어졌다. 시선의 끝에 엄마가, 아니 알로에가 보였다. 가까이 다가갔다. 여러 방향으로 뻗은 두툼한 줄기는 고집스럽고 단단해 보였다. 찔러도 아프지 않을 것처럼. 잠시 주춤하던 나는 엄마의 줄기 한쪽을 크게 잘랐다. 초록빛 투명한 진액이 고름처럼 쭈욱 흘러내렸다. "엄마는 또 자라겠지, 자랄 거야." 아이의 벌겋게 부어오른 손을 향해 가며 주문처럼 중얼거렸다. 문득 카페를 나서며 수빈이 했던 말이 맴돌았다.

"사실 난 이제 좀 귀찮기도 해. 파리지옥 키우기 어렵지 않다더니 실제는 다르더라고. 요즘 생각보다 파리가 잘 안 보이잖아. 작은 곤충도 그렇고 어디 도시에서 찾을 수가 있어야지. 날파리는 작아서 넣어 놔봐야 빠져나오더라. 아무튼 뭐, 그냥 그렇다고."

알로에 가시가 피부에 닿아 따끔거렸다.

당선 소감

'말도 안 되는 이야기를 한 문장 쓰고 설득시켜 보세요.'라는 과제에서 시작되었다. '엄마가 알로에가 됐다.'는 문장을 쓰고 나니 그리 이상하지 않았다. 살아 볼수록 이 세상 크기와 넓이만큼의 이상한 일이 일어나는 걸 느끼게 되므로. 엄마가 알로에가 되는 일이 내게도 일어난다면 의외로 덤덤히 일상을 살지 않을까 생각했다. 일상을 선택하는 일 혹은 살아야만 하는 일. 일상에서 선택은 하루에도 수십 번 점을 찍는다. 살까 말까, 앉을까 설까, 먹을까 말까, 도와줄까 말까, 화낼까 참을까…. 안타깝게도 그 점들이 언제나 예쁜 그림을 남기진 않는다. 결국 매일의 미숙함을 지나야만 하는 것이 일상의 일 중 하나이지 않을까. 그 선택 속에서 태어난 불편한 감정(슬픔, 우울, 절망 혹은 죄책감 등)을 만나게 되더라도 부디 사는 선택을 하길 바라는 마음이 담기기도 했다. 〈알로에 베라〉 속 주인공의 선택 또한 사는 선택이었다고 생각한다. 그래서인지 개인적으론 애정이 간다. 혹 "왜 알로에인가요?"라고 누군가 물어오면 할 말이 많기도 없기도 하다. 그저 독자가 자유로이 의미를 담아 주면 즐겁겠다. 꼭 담지 않아도 괜찮고.

수상 소식을 알게 된 날 내가 굉장한 팔불출이라는 걸 깨달았다. 고상하게 이 상황을 받아들일 거란 나의 상상과는 사뭇 다른 모습이었다. 나의 당선을 떠벌리고 싶어 근질거리던 순간 사랑하는 얼굴들이 떠올랐다. 들떴던 마음이 차분해진다. '내가 썼지만 홀로 이룬 것이 아니구나.' 그들과 함께 살아가며 쌓아 온 관계 속의 내가 '나'로 존재하기 때문이다. 겸손함을 강조하는 포인트가 여기에 있는지도 모르겠다.

식지 않는 열정에 늘 존경해 마지않는 세종사이버대학 학우들과 애정 어린 가르침을 주시는 교수님들께 먼저 감사의 마음을 전한다.

거리와 상관없이 늘 마음의 지척에 있어 주는 나의 소중한 이들의 얼굴이 진하게 떠오른다. 사랑의 마음을 보낸다.

늘 읽고 쓰는 모습을 보여 주시는 영천 씨, 없는 형편에도 문학전집으로 방을 채워주고 《강아지똥》과 《잃어버린 한 조각》을 읽어주셨던 예린 씨, 맥락 없이 조잘대는 이야기들을 소중히 들어주는 베리에게 사랑과 감사를 가득 담는다. 기쁠 때 떠올릴 얼굴들이 있다는 것이 이번 일의 큰 감격 중 하나였다.

소설을 쓰기 시작하며 내가 얼마나 수다스러운 사람인지 새삼 느끼게 되었다. 쓰다 보면 소설 속 주인공과 수빈처럼 어느새 다른 이야기로 새고 만다. 살고 있는 혹은 살고 싶은 이야기들이 그득 쌓인다. 이번 초단편 소설을 써내며 가장 어려웠던 부분이었다. 알맞게 수다 떨기. 이번 '군산초단편문학상' 수상이 '그 수다 딱 알맞게 담겼습니다.' 하고 인정받은 느낌이라 기분이 좋다.

내 일상의 점들을 바라보며 맘껏 수다스러워 보고 싶다. 그런 나의 수다가 즐거이, 가능하다면 글로 멋지게 담기길 바란다. 언젠가 과묵해지는 날이 올지도 모르니 그때까지 넉넉한 나의 일상이 되기를.

가작

김영란

옥서면 캘리포니아

김영란

조직에서 을로 살기도 싫고, 갑으로 사는
것도 싫어서 항상 방황하는 주변인이다.
아직도 정체성을 찾아 헤매고 있다.
갑도 없고 을도 없는 평등한 세상을 꿈꾼다.
변화무쌍한 하늘과 구름을 좋아한다.
주홍빛 노을을 보면 설렌다.

옥서면 행정복지센터에 도착해 마주한 들판은 여느 시골과 마찬가지로 평화로워 보였다. 미군기지 근처에 와있다고 하는데 당장 눈앞에 보이지 않아 실감이 나지 않는다. 확성기 소리와 사람들의 함성을 따라 걷다 보니 낯선 철조망이 나타났다. 아득한 지평선이 펼쳐지고 내 앞에는 철조망이 있다. 철조망 안은 끝을 모르게 넓고, 여름의 초록 풀들이 자라 있고, 가장자리가 노랗고 가운데는 붉은 꽃이 소담하게 피어있다. 무슨 꽃인지 몰라 검색해 본 꽃은 왜하필 이름도 기생초일까. 한바탕 세차게 비를 퍼붓고 그친하늘을 자꾸 바라보게 됐다.

철조망을 사이에 두고 철조망 밖은 군산시 옥서면, 철조망 안은 캘리포니아라니. 옥서면과 캘리포니아 철조망을 자유로이 넘나들 수 있는 사람은 미군뿐이다. 한국인은 기지 안에서 일하는 사람만이 철조망을 넘을 수 있다. 군산시 옥서면의 61% 이상이 캘리포니아다. 철조망 안은 캘리포니아라서 '군산시 옥서면 미군 부대'라고 써서 우편물을 보내면 도착하지 않는다. 미군기지의 행정구역은 대한민국 어디에도 존재하지 않는다. 우편번호도 없다. 우편물은 북아메리카대륙에 있는 미국으로 갔다가 다시 아시아대륙 대한민국 군산시 옥서면 캘리포니아에 당도한다. 우편물이 잘 도착할지는 모르겠다. 참으로 머나먼 여정이다.

2024년 7월 27일은 미국과 북한이 휴전협정을 맺은 지 71주년이 되는 해이다. 한반도의 전쟁위기가 고조되는 상황에서 군산시 옥서면 미군기지와 하제마을 팽나무 아래에서 '평화대회'가 열렸다. 1부는 미군기지 앞에서 집회 형식으로 진행되었고, 2부는 하제마을 팽나무 아래로 다시 집결하여 공연처럼 즐기는 자리었다.

옥서면 행정복지센터에서 팽나무가 있는 하제마을까지는 차로 10여 분이 걸린다. 차로 10분 이상을 이동하는 내내 미군기지를 지나고 있었다. 차로 이동하는 동안에도 미군기지의 시작이 어디인지, 어디에서 끝나는 것인지 짐작할 수 있는 곳은 발견하지 못했다. 여기가 미국이 빌려 쓴다고 말하는 미군기지이고, 캘리포니아라고 하는 미군기지이고, 빌려 쓰면서 사용료 한 푼 내지 않고 오히려 군산공항 활주로 이용료까지 받아 가는 미군기지이구나. 우리나라는 영토가 좁다는 이야기들을 한다. 대한민국 곳곳마다 광활한 옥토를 차지하고 있는 미군기지 때문은 아닐까?

철조망 너머로 보이는 미군기지는 둥근 반원 형태의 건물, 사다리꼴 모양의 단순하게 생긴 건물들이 반복적으로 연결된 형태였다. 무엇을 하는 건물인지 민간인인 나로서는 짐작이 가지 않았다. 사다리꼴 모양 건물은 윗부분이 잔디로 덮여 있어서 마치 무덤 같다.

하제마을에서 만난 팽나무는 600년 전부터 그곳에 있었다. 진영이 태어났을 때 잎을 틔웠고, 영길이 선연학교에 입학하는 날 가지 하나를 더 내밀었다. 정진의 아버지가 미군의 총에 맞아 죽었을 때 붉은 잎을 떨궜다. 미군기지가 확장되고 먹고 살길이 막막해 마을 사람들이 하나둘 떠나가도 팽나무는 차가운 바닷바람을 맞으며 시린 겨울을 견뎠다.

하제마을은 간척사업으로 메꿔지기 전에는 포구였다고 한다. 팽나무 기둥 아래쪽에 배를 묶었던 자리가 움푹 패여 있어 번성했던 포구마을 하제의 모습을 떠오르게 한다. 팽나무 가지의 무게를 지탱하는 철제 구조물이 울툭불툭 튀어나온 수피와 어우러지며 지팡이를 짚고 있는 노인을 떠올리게 했다.

사람들은 사라지고 팽나무만 남은 하제마을마저도 미군기지로 수용될지 모른다는 이야기를 듣고, 미군기지 확장을 막고 팽나무를 지키기 위해 2020년 10월부터 매월 셋째 주 토요일 팽팽 문화제라는 이름으로 사람들이 모였다.

팽나무를 지키는데 앞장서 오신 문정현 신부님의 환영사가 있었다. 85세인 신부님의 목소리는 힘이 넘쳤고 평화를 빼앗아 간 자들에 대한 살아있는 분노가 느껴졌다. 신부님 뒤에 서있는 팽나무가 살아서 호통을 치는 듯했다. 내가 갔던 날은 44번째로 팽나무 앞에서 모인 날이다. 문정현 신부님은 4년 전 5명으로 시작했던 월례 행사가 서서히 50명이 되고 44회차에서 500명이 넘는 사람들이 숲을 가득 채웠다며 감격스러워하셨다. 팽팽 문화제가 43번 열리는 동안 나는 한 번도 와보지 못했다. 그 미안함과 낯뜨거움이 민망해 우직하게 서 있는 팽나무가 호통을 친다고 느꼈는지도 모르겠다.

사다리꼴 형태의 건물이 미군의 탄약고라는 사실을 문화제가 진행되는 동안 알게 되었다. 탄약고 주변으로는 사람이 거주할 수 없어서 하제마을 주민들은 대대손손

일구었던 땅과 소중한 일상을 잃었다. 마을에는 탄약고를 짓지 말아야지, 탄약고를 지어 놓고 마을 주민들보고 나가라니 적반하장이라는 말이 딱 맞는다. 하제마을 주민들의 죽은 일상이 묻혀 있으니 사다리꼴 모양의 탄약고는 무덤이라고 해도 과언이 아닐 것이다.

　　　평화대회의 마지막은 팽팽 문화제처럼 그곳에 모인 사람들이 모두 손에 손을 잡고 팽나무 주위를 감싸고 둥글게 돌면서 마무리했다. 이른바 '팽팽술래'다. 둥글게 둥글게 돈다는 것은 어떤 의미일까? 둥그런 지구에서 우리는 모두 연결되어 있고, 너와 나는 동떨어져 있는 것이 아니라 우리라는 이름으로 묶여 있음을 기억해야겠다. 우리 모두의 일상이 매일매일 유지되는 것이 평화가 아닐까.

당선 소감

오랜 시간 읽고 쓰는 사람의 언저리를 맴돌았다. 쉽게 포기하고 쉽게 좌절했다. 무엇보다 절실함이 없었는지도 모르겠다. 읽고 쓰는 일이 나를 먹여 살려줄 것 같지 않았다. 자신이 없었다. 대학을 졸업하고 얼렁뚱땅 취업을 하고 결혼과 육아라는 일련의 과정들을 정해진 교육과정처럼 밟았다. 그래야 한다고 아무도 말한 적 없지만 그래야 하는 줄 알았다. 내가 알아서 나의 목표를 세상의 기준에 맞췄다. 세상이 정해놓은 기준에 맞추느라 읽고 쓰는 일이 뒷전이 돼버리자 헛헛하고 괴로웠다. 왜 세상이 정해놓은 기준대로 나를 맞췄는데 행복하지 않은지 의문이 들었다. 행복은커녕 영혼을 집에 두고 출근했다가, 퇴근 후에 다시 찾는 일이 버거웠다. 직장 생활은 영혼을 버려야 가능한 일이었다. 다 그렇게 산다고 했다. 육아는 내 인성의 밑바닥을 날마다 끄집어내 눈앞에 흔들어 보였다. 부당하고 억울한 감정이 나를 짓눌렀다. 풀리지 않는 의문은 제 꼬리를 물고 놓아주지 않았다. 나는 이렇게 살지 못하겠는데. 다시 읽기 시작했고 조금씩 쓰기 시작했다.

　　　살아가다 보면 내 의지와 상관없이 흘러가는 일상이 더 많으리라 생각한다. 세상의 기준에 맞춰 온 나는 정신을 바짝 차리지 않으면 또다시 시류에 휩쓸릴 것 같았다. 내가 원하는 것이 무엇인지 정확히 알아야만 했고 세상의 가짜 소리들을 가려낼 수 있어야만 길을 잃지 않을 것 같았다. 나의 읽고 쓰기는 세상 풍파에 그저 떠밀려만 다니지 않겠다는 의

지이다. 점점 더 기울어져 가는 세상을 향한 중심 잡기다. 더 이상 남들이 내 행복의 기준을 정하게 두지 않겠다는 발칙한 선언이다.

　내 이름이 들어간 책이 세상에 나온다니 한 아이를 키우는 일만큼이나 책임이 무겁게 느껴진다. 내가 내어놓는 말의 무게가 이처럼 무거운 것인 줄 몰랐다. 작품 하나를 세상에 내놓는 일을 산고에 빗대는 것은 창작의 고통만이 아니라 내가 낳은 말에 대한 책임까지 아우르는 비유임을 비로소 알았다.

　먹고사는 일에 밀려 멀게만 느껴지던 쓰기에 한 걸음 더 다가간 것 같다. 계속 읽고 쓰는 사람으로 남고 싶다는 희망에 가까워진 느낌이다. 좋은 사람들에게 긍정적인 기운을 많이 얻었다. 지난 6년간 책 모임을 함께한 언니들, 또 다른 나의 언니들, 여행지마다 나를 반기는 전국의 책방, 가까운 곳에서 책 모임을 함께하며 기꺼이 우리들의 사랑방 역할을 해주는 책방까지. 묵묵하게, 어느 날은 소란하게 자신의 길을 가는 사람들의 진득함을 배우고 싶다. 진득하게 쓰고 싶다. 나를 찾기 위해 읽고 쓰는 모든 이들을 응원한다.

가작

류지희

돌의 계보
눈에 보이지 않는 것
(   )

류지희

나는 모자를 가리켜 코끼리라고 말해도,
아무도 뭐라 하는 사람이 없는 문학을 사랑한다.
햇빛 아래 부유하는 먼지,
손가락 사이로 빠져나가는 공기처럼,
붙잡을 수 없는 걸 글로 표현하는 사람이 되고 싶다.
사람의 체온이 느껴지는 글을 쓰고 싶다.
나의 가장 연약한 것을 당신에게 주고 싶다.

돌의 계보

아버지는 돌을 모았다
옷장에 여러 가지 돌이 가득했다
아버지는 술을 마실 때마다
노래를 부르며 돌을 닦았다

아버지가 돌을 안고 자는 날이 계속되었다

아버지, 일어나 보세요
넥타이를 풀어 헤친 채 잠에 든 아버지
아버지를 일으켰다
돌이 굴렀다
아버지가 몸을 뒤척였을 때
허리에 반쯤 박혀있는 커다란 돌을 보았다

동그랗게 몸을 말고 있는 아버지를 문밖으로 밀었다
아버지, 우리는 아직 아버지가 필요해요
아버지는 돌과 함께 구르며 회사에 출근했다

아버지는 돌이 되었다
두 손으로 무릎을 감싸안고 흰 벽을 쳐다보았다

아버지, 제 세례를 받고 다시 아버지가 되어주세요
아버지의 머리에 매일 물을 부었다
아버지는 눈만 끔뻑거렸다

아버지는 물에 닳아 점점 작아졌다
아버지를 주머니에 넣고 다녔다
손을 넣고 아버지를 만질 때마다
단단했던 돌이 깨질 것 같았다

돌이 된 아버지를 삼켰다
내가 아버지가 되었다

눈에 보이지 않는 것

벌레 먹은 사과가 좋다 불 꺼진 식탁에 앉아 사과를 베어
물면 벌레가 지나간 자리는 다른 부분보다 더 달콤하다
내년에도 나는 붉고 매끈한 사과 대신 벌레 먹은 사과를
고르겠지

기도를 해도 응답이 없었다 신이란 빈 캔에서 나는 바람
소리 같은 게 아닐까 생각했다 혓바닥으로 사랑니 뺀
자리를 계속 건드려 보는 습관 실밥에서 피가 울컥울컥
나올 때마다 의심이 많아 신을 믿지 못했다

만나지 않을 인물들의 이름을 외웠다 얼굴도 모르는
사람들의 이름을 외워야 하는 게 억울해서 머리카락을
뽑았다 머리카락 뿌리를 바라보며 내 처음은
어디서부터였을지 생각했다 신은 창밖으로 보이는 달
뒤에서 망원경에 눈을 대고 나를 보고 있을 것 같았는데

검은색 종이 위에 떨어진 비듬이 나를 비웃는다

물을 마셔도 계속 목이 마르고 잠을 자면서도 잠에 들고
싶다 머릿속 물고기는 소리 없는 비명을 뻐끔거리고 여기
조금씩 부식되고 있는 내가 있어 실수로 숨을 쉬다 놀란
사람처럼 발작하듯 신을 찾는 나날들이 계속되지

사물을 도형화해서 그렸다던 모네 내 생각과 감정도
도형으로 분류할 수 있을까

알약을 삼키고 아프다고 믿으면 정말 머리가 아픈 것
같았다 수돗물 떨어지는 소리가 초침 소리처럼 들리면
무릎을 감싸안고 등 뒤로 흩어지는 것들을 잡고 싶어진다
개가 짖는 새벽, 입안에 든 사과씨를 굴려보며 시든
화분에 물을 주는 것에 대해 생각하고 있다

( )

매일 밤 벽에 못을 박으며 엄마를 떠올렸다

텅 빈 액자 틀을 벽에 걸며
액자 너머에 있는 것들을 생각했고
엄마는 천국에서도 쌀을 씻겠지
나는 단맛이 날 때까지 보리밥을 씹었다

곰팡이가 핀 벽에 하얀 페인트를 칠하는 습관
심장이 없어서 냄새를 맡지 못했다

공중전화를 붙잡고 아무에게도 하지 않을 이야기를 했다
바람에 날리는 검은 비닐봉지로
텅 빈 마음을 막을 수 있을까
숨을 쉴 때마다 비닐봉지는 부풀어 올랐고

변기통에서 역류하는 물을 막지 못해 변기통 위에 앉았다
울컥거리듯 변기통 밖으로 빠져나오는 물

돌아가는 팽이가 진실을 감춰버릴 때마다
물구나무를 선 채로 세상을 바라보았다

지하철 창밖으로 보이는 검은 풍경을 보며
늘어진 테이프 위를 달리는 상상

종착역에 다다랐을 때 돌아갈 집이 없어서
다른 누군가를 흉내 내며 걸었다

당선 소감

나는 대학에 가기 위해 글을 썼다. 할 줄 아는 게 글 쓰는 것밖에 없어서 어쩔 수 없이 계속 글을 썼다. 문예창작과에 입학한 후에도 나는 괴로웠다. 싫어하는 글을 계속 써야 했으니까. 교수님들이 내 글을 읽고 A+를 줬을 때 느꼈던 당혹스러움을 잊을 수 없다. 마냥 기분이 좋지 않았다. 나는 알았던 것 같다. 내가 언젠가는 글 쓰는 행동을 그만둘 거라는 걸. 문학을 진심으로 사랑하는 사람들 속에서 나는 점점 초라해졌다. 다른 학교 문예창작과를 가기 위해 휴학을 하고 나는 방황했다. 과외 선생님과 정말 열심히 준비했지만, 매번 1차만 붙고 2차 면접에서 떨어졌다. 나는 내가 떨어진 이유를 알았다. 나는 면접에서 문학을 사랑하지 않는다는 걸 매번 들켰다. 결국 원래 있던 곳으로 되돌아갈 수밖에 없었다.

　　그럼에도 불구하고 나는 편입의 꿈을 버리지 않았다. 그래서 열심히 글을 썼고, 가고 싶었던 대학에도 합격했다. 그곳에서도 나는 학점을 위해, 공모전에서 상과 상금을 타기 위해 열심히 글을 썼다. 하지만 마음처럼 잘되지 않았다. 가뜩이나 글 쓰는 게 싫어 죽겠는데 학점도 잘 안 나오니 글을 쓸 맘이 전혀 생기지 않았다. 그래서 중간만 가자는 마음으로 하는 둥 마는 둥 글을 썼다. 교수님이 내가 억지로 쓴 소설을 읽고 소설을 써 볼 생각이 있냐고 물어봤을 때 나는 변명했다. 드라마 작가가 될 거라고. 대본을 쓸 때 소설이 도움이 될 거라고 생각해 소설을 쓰고 있다고 말이다. 교수님은

혹시 대본을 쓰고 있냐고 물었고 나는 그렇지 않다고 대답했다. 교수님이 격려의 말을 하며 자리를 떠났을 때 나는 쥐구멍에라도 숨고 싶었다. 교수님께 문학에 대한 내 마음을 들킨 것 같아 창피했기 때문이다.

졸업이 가까이 다가왔을 때 나는 또다시 방황했다. 할 수 있는 거라곤 책 읽고 글 쓰는 것밖에 없는데 글 쓰는 것과 관련된 직업은 갖기 싫었다. 글을 계속 써야 한다면 겉으로 화려해 보이는 드라마 작가가 되고 싶었다. 나는 드라마 작가가 되고 싶다고 생각만 하며 사람들에게 드라마 작가가 될 거라고 말하고 다녔다. 하지만 나는 점점 변명하는 삶에 지쳐갔고, 더 이상 변명하지 않겠다 마음먹었다. 그러던 와중에 군산초단편문학상 공모전을 알게 되었고, 짧으니까 한번 써보자는 생각으로 응모했다. 당연히 안 될 거라고 생각하면서도, 마음 한구석으로는 꼭 됐으면 좋겠다고 생각했다. 만약 내가 쓴 시로 상을 받으면 이 상을 기반으로 내가 정말 쓰고 싶은 글을 쓰겠노라 마음먹었다.

군산초단편문학상을 타게 됐다는 전화를 받았을 때 정말 기분이 좋았다. 상금도 물론 좋았지만 내 진심을 알아준 것 같아 더 좋았다. 나에게 문학이란 '애증'과 '괄호', '창'이다. 문학이 애증인 이유는 내가 표현하고자 하는 걸 표현할 수 있어서 좋지만, 때로 내 상처와 마주해야 된다는 게 무척이나 고통스럽기 때문이다. 두 번째로 정답이 없는 문학은 괄호의 안과 밖을 넘나들어서 좋다. 마지막으로 나에게 문학이란 세상을 보여주는 창이다. 문학은 내 안에 갇히지 않도록 그래서

편협한 사람이 되지 않도록 도와주는 고마운 존재다. 앞으로 내가 얼마나 문학을 사랑하게 될지, 정직하게 꾸준히 글을 쓰게 될지 기대된다. 나를 재촉했던 컴퓨터의 커서가 설레는 심장박동처럼 느껴지는 오늘이다.

응모우수상

김란

두 번째 비밀

김란

하고 싶은 것보다 하기 싫은 것이 많지만
할 수 있는 일을 찾아가고 있습니다.
기나긴 은둔을 마감하고 싶은 사람입니다.

두 번째 비밀

*

어두컴컴한 장례식장 복도에서 소리를 질렀다. 내일이면
아버지는 화장을 할 테다. 나는 곧 이곳을 떠날 것이다.
오늘 밤이 아니면 시간이 없다. 검은 피케 티셔츠를 입은
직원 두 명과 실랑이를 벌인다. 나를 보는 조문객들을
신경 쓰지 않는다.

"잠시만요. 시간이 너무 늦었으니 내일 오세요."

"내일 출상인데 언제 봅니까! 지금이 아니면 안
됩니다."

아침이 되면 다들 화장터로 가는 채비로 바쁠
것이다. 지금이 아니면 물리적인 아버지의 얼굴을 볼
기회는 없다. 내가 다시는 보지 않기로 결심했던 아버지는
생각보다 빨리 죽었고 오늘이 아니면 다시 볼 기회가
없으므로 아버지의 관 뚜껑을 열어달라고 조르고 있었다.

"저랑 같이 들어가셔서 보세요."

퇴근했다던 실장은 어디선가 나타나 한숨을

쉬면서 이야기한다. 내가 아버지를 보는 것이 전염병
환자나 중환자실에 면회를 가는 것처럼 힘들 줄은 몰랐다.
어쩌면 시체를 보는 것은 그리도 어려운 일일지도
모르겠다. 평생을 보지 않겠다고 생각한 사람을 다시 보기
위해 이렇게도 애쓰는 모습이라니 나도 참 우습다.

　　　직원들의 격렬한 반대와 저항이 이해되지
않았다. 단지 아버지의 관 뚜껑을 열고 닫기가 귀찮다고
이렇게까지 하지는 않을 테다. 그러나 그들은 내 말을
들어줄 수밖에 없다. 내가 가장 잘 알고 있었다. 죽은
아버지보다 살아있는 상주인 나의 감정이 저들에게 더
중요할 것이다.

*

밖에 있는 직원들이 웅성거리는 동안 나는 방으로
들어갔다. 방이라고 하기에는 어둡고 서늘한 기운이
도는 곳이었다. 관은 하얀 천으로 감싸진 채, 하얀 천으로
동여매 있었다. 닫힌 아버지의 관에 씌워진 꽁꽁 두른
천을 풀어헤쳤다. 뚜껑은 생각보다 두껍고 무거웠으며
열기도 전에 시체 냄새가 진동하는 것 같았다.

　　　아버지의 듬성듬성한 흰머리가 그대로 보였다.
통통하고 혈색 있던 아버지의 얼굴은 마르고 칙칙했다.
살짝 벌어진 입술에는 틀니를 끼워 가지런한 이가

54

유난히 희게 보인다. 거친 피부결이 드러난 목부분을
지나 쇄골까지 관뚜껑을 내렸다. 아버지는 옷을 입고
있지 않았다. 관 뚜껑을 가슴팍까지 내려 본 아버지는
온전히 벗은 상태였다. 10년 전 자랑스레 보여줬던 장인이
만들었다는 고급 수의는 어디 갔는지 바싹 마른 몸을
드러내고 관 안에 들어가 있었다. 아버지를 보러 혼자
들어가라는 이유가 이것 때문이었을까?

  내 뒤에 고개를 사선으로 떨구고 서 있는 실장의
얼굴을 보니 감이 잡혔다. 어두운 조명 아래에 비치는
붉은 얼굴과 거친 숨소리가 그의 수치스러움을 내뿜었다.
내가 그의 얼굴을 보고 있는 것을 눈치채고 더욱 긴장한
듯이 보였다. 마치 매 맞기 전 아이와 같은 그를 아무
말없이 지나쳤다.

  "다 봤습니다. 관 닫아주세요."

  "아, 예예."

  그는 내가 아버지의 수의에 대해 모른다고
생각하는 걸까. 아니면 정신이 나가 아무런 생각이 없는
상태라고 생각하는 걸까. 내가 뒤쪽으로 물러서 있으니
그는 다른 직원을 부르지도 않고 스스로 관 뚜껑을 다시
닫고 관을 덮고 있던 흰 천을 대충 감싼 후 다시 묶고
있었다. 장례식장의 비밀을 보이지 않게 봉인하고 있었다.
어쩌면 내가 아버지에게 남기는 두 번째 비밀이다.

대학 졸업반이던 내가 오랜만에 집에 갔을 때 아버지가
다른 이야기보다 먼저 꺼낸 것은 수의였다.

"이거 봐라. 장인이 만든 수의다. 이게."

수의 장인이 한산 모시로 한땀 한땀 바느질한
수의를 안방 바닥에 고이 펼쳤다. 긴 두루마기 같은 하얀
옷에는 마치 전통 혼례복에 있을 법한 무늬가 있었다.
아니면 왕의 무덤에 있을 법한 옷이라고 해야 하나. 하얀
모시 위에 푸른 소나무와 학이 날고, 소매에 금박인지
금실인지 모를 것으로 칠해져 있었다. 허리띠도 황금빛
비단에 누렇고 빛나는 듯한 실로 용이 바느질되어
있었다. 죽은 사람이 입는 옷이라고 믿을 수 없을 정도로
화려했다. 아버지는 죽어서도 가지고 가고 싶은 것이 있는
분이었다. 그러한 아버지는 오래 사시리라 믿었다.

*

독일에 간 지 1년이 채 안 되었을 때 누나와 언성이 오갔다.

"아버지 마지막 소원이라고 하시는데 한 번만
깊이 생각해 봐."

아버지와 절연한 지 1년이 되었다. 누나와 꾸준히
연락하면서도 누나는 그런 말을 한 적이 없었다. 취업하고
자리를 잡아갈 때가 되니 아버지는 어른들이 흔히 하는

잔소리를 하기 시작했다.

누나는 순종적이게도 아버지가 원하는 남자와
결혼했다. 누나는 아버지가 주선하는 맞선을 여러 번
나가더니 대기업에 다니는 사위를 얻게 해줬다. 토끼 같은
손주들도 안겨 주었다. 반면에 나는 아버지가 원하는
맞선을 여러 번 거절했고 그 이후에도 어쩔 수 없이
맞선자리에 나가 만났던 여자들과도 오래가지 못했다.
아버지는 어느 순간부터는 어떤 여자라도 좋으니 결혼할
여자가 있다면 데리고 오라고 하셨다.

"나도 이제 늙었고 많이 내려놨어. 그냥 좋아하는
여자 데리고 와라. 결혼하고 싶은 여자를 데려오기만 해."

나는 더 이상 견디지 못하고 한국을 떠났다.
어디라도 상관없었다. 한국에서 최대한 떨어진 곳이라면
더욱 좋았을 뿐이었다. 아버지가 오지 못할 것 같은
곳이면 괜찮았다.

*

아버지의 출상이 끝나고 나는 곧바로 짐을 챙겼다. 회사
일 때문에 가봐야 한다고 말했더니 누나는 나머지는
본인이 알아서 할 테니 걱정 말라고 말했다. 급히 오느라
챙긴 것은 배낭 하나였기 때문에 가장 빠른 비행기표를
예매했다. 공항에 도착하자 안도감이 들었다. 처음 독일로

향할 때는 후련함이었다. 그러나 몇 년이 지나 다시
독일로 향하는 마음은 안도감이다. 고향을 떠나는 마음이
후련함이나 안도라는 것이 씁쓸했다. 전화가 울렸다.
뎁이었다.

　　"아버지는 잘 보내드렸어?"

　　"응. 오늘 저녁 비행기로 가려고 티켓 예매했어."

　　"며칠 더 있다가 오지. 어차피 아버지 돌아가신 것
때문에 오랜만에 한국 들어간 거잖아."

　　아버지가 돌아가셔서 다시는 한국에 오지
않을지도 모른다. 그 어떤 것도 나를 한국에 머물게
하지는 못한다. 아마 누나와도 영상통화를 하거나
조카들이 독일로 놀러 오는 일이 생기지 않으면 얼굴을
볼 일은 없을 것이다. 스마트폰 배경 화면에 웃는 얼굴로
나와 어깨동무를 한 백인 남자를 보며 지금 당장 독일로
돌아가고 싶어졌다.

당선 소감

확인받고 싶은 얄팍한 마음으로 썼습니다. 누군가가 '괜찮네.' 라고 말해 주길 기다렸습니다. 처음 쓴 소설로 인정받게 되어서 감사한 마음이 듭니다. 초심자의 행운으로 끝나지 않도록 정진하겠습니다.

응모우수상

김희웅

방생
풍선
돌 이야기

김희웅

홍보영상 작가 및 콘텐츠 에디터로 활동하고 있습니다.
저에게는 두 명의 독자가 있어 시와 소설을 씁니다.
부모님이 살아계시는 한 계속 쓸 것 같습니다.

방생

지금, 여기, 새 계절의 냄새가 있어.
향수는 아니고 향초도 아니야.
엄마는 목욕탕을 좋아해.
덮치는 파도에 어떤 힘도 쓰지 못하고 그렇게
휩쓸려 왔어. 바다에서 바다로. 우주에서 우주로.
우주에선 노인 냄새가 나지 않았어. 그렇지 않니?
엄마는 물었어. 아니, 엄마는 울었어. 오랜 시간.

냄새는 썩지 않았어.
분리수거는 되지 않고 소각할 수도 없어.
여운이라고 해야 할까. 모든 날의 여운이야.
기억은 여전히 잠식당하고
이발소에 간다면 나는 머리가 잘릴 거야.
그렇지만 죽지는 않을 거야. 확신해.
냄새를 기억하거든. 입욕제에선 엄마 냄새가 났어.
노인 냄새는 아니야. 확실해.
엄마는 전생에 물고기였거든.
물고기에서 노인 냄새가 나진 않잖아? 오랜 시간

울었어. 물이 넘쳤어. 수영을 배운 적은 없는데
몸이 수영하는 법을 기억했어. 기적이었어.
기저귀였어. 세상은 물고문이었어. 그렇지만
죽지 않았어. 해랑사, 절에 가야겠어.
방생을 해야겠어. 평생을 해야겠어.

풍선

1.
페스티벌에서는 자주 풍선을 띄워
사람들이 하늘을 올려다볼 수 있게 했다.

외출하는 날이면 땅을 보고 걸으며
헬륨가스를 넣은 풍선이 모두 내려앉았으면 좋겠다고
생각했다.
떠오르지 못한 풍선이
황량한 모래 위를 굴러다니는 일에 대한 몽상.

풍선을 주워 바다로 물수제비를 하는데
하나같이 풍덩 소리를 내며 가라앉았다.

풍선이 하늘 위로 뜨지 않으니
사람들은 구름을 올려다보지도 않는구나.

대신, 풍선을 발에 묶고 바닷속으로 뛰어드는 악습.

무거워진 풍선은 더 이상 터지지도 않았다.
모든 희망이 내려앉았다.

2.

풍선이 터지지 않는 세계에서

풍선이 터지면 어떤 소리가 나지? 너는 말한다.

나는 가만히 앉아 상상한다.

지구가 부풀다 이내 터지는 순간에 대해.

이명이 번진다.

익숙하지 않은 것에 대한 상상은 쉽게 부서진다.

입버릇처럼 껌을 씹는 너의

입안에 꿈틀거리는 혀에 대해 상상하는데

처음으로 내가 껌으로 풍선을 불던 날이 된다.

내 입속으로 녹아 사라지는 지구.

새가 날고 하늘의

균열 사이 햇빛

돌 이야기

옛날에는 돌도 꽃이었다고 생각하는 아이가 있습니다.

돌은 자주 웅크리거나 숨을 참습니다.
단단해지는 관습을 따릅니다.
아이는 강가에서 돌을 하나 주워 옵니다.
돌은 단란한 가정의 식구가 됩니다.

돌은 하얗고 눈부시지 않습니다.

아이가 돌에 문신을 새기자
지구만큼 오래된 돌의 전생이 서서히 해체됩니다.
고통스러울 것입니다.
창백한 세계들이 마침내 사라집니다.

나란히 이불을 덮습니다.
돌은 아이의 꿈속을 한없이 굴러다닙니다.
아이는 바쁘게 굴러다니는 돌을 붙잡기 위해 몸을
뒤척입니다.

돌은 매끄러워 꿈에 상처를 내지 못합니다.

돌은 비상구를 찾아 나가고
아이는 잠에서 깨어 눈물을 흘립니다.

아이의 손에는 아침과 흙이 뒤섞인 냄새가 납니다.
돌을 묻은 자리에는 새싹이 약간 자랍니다.

당선 소감

표출하지 못한 감정의 잔여물이 남아 글을 쓰기 시작했습니다. 쓰다 보니 욕심이 생겨 잘 쓰고 싶었는데 오히려 그러지 못했습니다. 한 문장을 적는 데에 며칠이 꼬박 걸릴 때가 많았습니다. 마치 글쓰기에 영 소질이 없는 사람 같았습니다.

지난 4년 동안 글을 쓰지 않았습니다. 텅 빈 사유와 사회 초년생이라는 그럴듯한 핑계. 시에 쏟던 에너지로 일에 열중했습니다. 하지만 그렇게 몇 년을 살다 보니까 글은 굶주리고 저는 허기졌습니다. 어떠한 허기짐이 저를 다시 빈 화면 앞으로 데려다 놓았습니다.

거창한 이야기는 없지만 제게 응집되어 있던 단어들을 하나씩 내뱉었습니다. 보잘것없는 단어가 문장이 되었고 시가 되었습니다. 저의 사소한 창작에서 야트막한 사랑을 발견해 준 군산초단편문학상과 심사위원분들께 진심으로 감사드립니다.

요즘은 일을 잠시 쉬며 밀린 영화를 하나씩 보고 있습니다. 최근에는 포레스트 검프를 봤습니다. 영화에서 주인공 검프가 반복하는 대사가 있습니다. "My mom always said-." 검프처럼 우리는 많은 순간 부모의 말을 일종의 방향성처럼 품고 살아가는 것 같습니다.

우리 엄마도 많은 순간에 "외할머니가 말했어."라며 얘기를 합니다. 외할머니가 먼 여행을 떠나신 지 5년이 흘렀지만 지금까지도 여전히 함께 살아가는 것 같습니다. 명절이 돌아오면 엄마는 "외할머니가 그랬어. 명절이면 집에 기름 냄새가 나야 한다고."라고 합니다. 딱히 제사를 지내거나 하지는 않지만 명절 당일이 되면 아침 일찍 일어나 엄마와 함께 전을 부칩니다. 옷에 배는 눅눅한 기름 냄새를 맡으면서요. 혹시 우리 엄마가 전이 너무 드시고 싶은 게 아닐까, 생각을 하기도 하면서요.

그런 의미에서 우리는 평생 방생을 해야 하는 사람들일지도 모르겠습니다. 저의 시는 여러분에게 바치는 선물입니다. 같은 처지에 있는 모든 분에게.

응모우수상

서윤

코카콜라 맛있다

서윤

제2회 군산초단편문학상을 수상하며 작품 활동을 시작했다.
연세대학교에서 '자취 철학'을 공부하고 있다.

우주에서는 탄산 금지. 이는 우주여행의 오랜 상식이다. 중력이 없으면 위에 고인 탄산가스가 트림으로 배출되지 못하고 계속 더부룩함을 느끼게 한다. 하여 탄산음료는 인공 중력 생성 장치가 달린 고급형 우주선에 거주하는 사람들의 특권이었다. 젊은 부자들은 질리지도 않고 우주에서 맥주 파티를 여는 동영상 따위를 SNS에 올려댄다.

이에 불만을 가진 회사가 하나 있었는데, 이름하여 코카콜라 컴퍼니다. 코카콜라 컴퍼니를 모르는 사람은 없을 거라고 생각한다. 요새 생수의 지위를 위협하고 있는 뉴워터를 비롯해 다양한 음료를 만드는, 음료 시장의 대략 30% 정도를 지배하고 있는 거대한 회사다. 시장 지배율이 30%쯤 되면 새로운 시장을 개척해야 했다. 그러지 않으면 더 성장하기 힘든 법이다. 코카콜라 컴퍼니가 주목한 건 우주였다. 우주에서 그들의 최대 히트 상품인 코카콜라를 마실 수 없다는 점이, 그리고 우주에서 가장 잘 팔리는 제품이 그들의 제품이 아니라는 점이 발바닥에 박힌 가시처럼 마음에 들지 않았던 모양이다.

코카콜라 컴퍼니가 우주에 투자해 온 노력은 절대 적지 않다. 우주에서 마실 수 있는 콜라를 개발하기 위해 그들은 무려 20세기부터 연구 개발을 했다. 1984년에 그들은 NASA와 협력하여 우주에서 마실 수 있는 콜라 캔 개발 프로젝트를 진행했다. 탄산이 주는 더부룩함은 어쩔 수 없으니 차라리 강점을 극대화해 보자는 계획이었다. 코카콜라 컴퍼니와 NASA는 더 시원한 목 넘김을 느낄 수 있도록 특별히 개조된 알루미늄 캔과 디스펜서를 개발해 우주 보급품 목록에 끼워 넣었다. 몇 년 후, 코카콜라 컴퍼니는 지구에 귀환한 우주인들을 대상으로 각각 2시간 이상의 심층 인터뷰를 진행했다. 우주인들의 말에 따르면 콜라를 마시는 경험은 확실히 즐거웠지만 결국 탄산이 발목을 잡았다. 키 180cm가 넘는 건장한 성인 남성조차 우주에서는 콜라 한 캔을 다 마시기 버거웠다고 증언했다.

코카콜라 컴퍼니는 고민에 빠졌다. 그들은 그 무렵부터 125mL짜리 작은 콜라 라인업을 개발하고 있었지만, 그 상품은 포장재에 비해 음료의 양이 적었기 때문에 수율도 인기도 좋지 않았다. 코카콜라 컴퍼니가 미국 기업이라는 사실 역시 기억할 필요가 있다. 미국인들은 예로부터 푸짐하지 않은 음식에 대한 선호도가 높지 않았고, 이는 음료에도 적용되는 논리였다.

그다음으로 그들이 시도한 것은 코카콜라를 마시는 경험 자체를 팔아보자는 것이었다. 이름하여 소다볼 캠페인이었다. 소다볼 캠페인은 우주에서 액체가 비눗방울처럼 둥둥 떠다닌다는 성질을 활용해 누가 더 콜라를 재미있게 마시는지 내기하는 '챌린지'의 판을 깔아준 것이다. 둥둥 떠다니는 액체 방울을 입으로 빨아들여 마시기. 공중제비를 돌면서, 물구나무를 서서, 혹은 캐치볼처럼 주고받으면서. 수십만 가지의 방법이 있을 터였다.

소다볼 캠페인은 나름대로 히트했다. 우주에서 스포츠 경기를 보는 우주인들이 코카콜라-버블을 둥둥 띄워서 먹으며 미니게임을 진행하는 광고가 히트했고, 어린이들은 자기들도 소다볼 챌린지를 하고 싶다며 부모를 졸랐다. 하지만 결국 가장 큰 벽은 넘지 못했다. 우주에서 탄산을 먹은 아이들이 체하거나 탈이 나는 일이 많이 일어났다. 부모는 아이들이 마실 때마다 아픈 음료를 잘 사주려고 하지 않았고, 코카콜라 컴퍼니는 이미지에 타격을 받았다.

다른 음료 회사들은 코카콜라 컴퍼니를 비웃었다. 특히 펩시콜라가 그랬는데, 그들은 코카콜라가 우주에서도 탄산에 집착하고 있다며 그들이 과즙음료로 우주 음료 계열에서 큰 성공을 거두었다고 자랑했다. 그러나 코카콜라 컴퍼니는 포기하지 않았다. 빈정거리는 다른 회사들을 오만하게 내려다보며 코카콜라 사장이 남긴 말은 코카콜라 컴퍼니에 악재가 있을 때면 사람들 입에 오르내렸다.

"코카콜라는 영원하다."

그 모든 일이 일어난 뒤 5년 후, 코카콜라 컴퍼니는 전설적인 요리 연구가 백종일을 자문 위원으로 불러냈다. 백종일은 여러 외식 프랜차이즈를 성공시킨 경력을 바탕으로 자기 이름을 건 방송을 진행하며 망해가는 식당을 수백 곳이나 살려낸 전설적인 인물이다. 요리에는 설탕이 잔뜩 들어가야 맛있어진다는 믿음을 가진 탓에 안타깝게도 인기 방송 <밥집 일선생>을 진행하던 중 급성 심장마비로 사망했다. 코카콜라 컴퍼니는 강령술로 그를 살려내 회의실로 데려왔다. 아직 이승이 익숙지 않은지 그는 계속 관자놀이를 문지르며 옆에 가부좌를 틀고 앉은 강령술사에게 짜증스러운 시선을 던졌다.

"안녕하세요, 백종일 선생님. 당신의 도움이 필요합니다."

강령술 프로젝트의 책임자가 백종일에게 코카콜라 컴퍼니의 문제 상황을 설명했다. 검은 액체를 생산하는 회사답지 않게 회사가 원하는 바는 아주 투명했다. 백종일은 회의실을 가득 채운 임원들의 표정에 호기심 못지않게 독이 잔뜩 올라 있다는 걸 어렵지 않게 눈치챌 수 있었다.

책임자의 긴 설명을 듣고 백종일이 물었다.

"왜 탄산에 집착하시죠? 우주에서 탄산을 마실 수 없다는 건 상식 아닙니까?"

그들은 고개를 끄덕이기는 했지만 그게 백종일의 의견에 동의한다는 뜻은 아니었다. 백종일은 이어서 말했다.

"코카콜라에 탄산이 필요한 이유는 청량감, 그러니까 목 넘김 때문이 아닙니까. 탄산을 쓰지 않고도 같은 목 넘김을 재현하는 방법을 찾는 게 빠르지 않을까요?" 임원들의 표정이 차가운 탄산음료를 단번에 마셨을 때처럼 급속도로 일그러졌다. 그들은 탄산에 대한 거의 광신도적인 믿음을 가진 모양이었다. 하긴 몇 세기 동안 제품의 맛을 책임져 온 핵심을 부정하는 건 쉽지 않은 일이기는 하지. 백종일은 쉽지 않은 회의가 될 거라는 예감에 관자놀이를 꾹꾹 눌렀다.

맨 앞에 앉아 표정을 구기고 있던 사장이 백종일에게 질문했다.

"탄산을 쓰지 않고 청량감을 주면 된다고 말씀하셨는데. 구체적으로 어떤 방법이 있죠?"

그의 어조는 공격적이었고, 백종일은 단번에 그들이 이미 여러 방법을 시도해 보았다는 걸 알 수 있었다. 아마 그가 어지간한 이야기를 했다면 그는 그 방법은 이미 시도해 보았다며 코웃음을 쳤을 것이다. 그러나 유감스럽게도 백종일은 까다로운 미팅에는 도가 튼 사람이었다.

"탄산 음료의 청량감은 탄산 기포로 인한 물리적 자극 때문이 아니라는 사실은 여러분도 잘 알고 계실 것입니다. 인간은 화학 반응을 통해 탄산 맛을 느끼죠. 혀 표면에는 탄산탈수효소4라는 효소가 있습니다. 탄산탈수효소란 이산화탄소가 물에 잘 녹을 수 있도록 촉매 역할을 하는 단백질입니다. 탄산탈수효소는 탄산을 수소이온과 중탄산이온으로 분해합니다. 그리고 이때, 수소이온이 신맛을 감지하는 세포를 활성화시켜 뇌에 감각 신호가 전달되고, 그게 바로 청량감이죠."

백종일은 일부러 이론을 길게 늘여 말했다. 이런 과학적인 이론은 실험실 과학자들의 몫이지 임원들의 몫은 아니었을 것이다. 따라서 자신이 전문가라는 인상을 주기 위해 이런 식으로 설탕을 치는 건 언제나 도움이 되었다. 임원들의 표정이 지루함으로 풀어지기 시작할 때쯤 백종일은 본론으로 들어갔다.

"따라서 본질은 신맛입니다. 탄산을 빼고 신맛과 단맛의 밸런스를 적절히 잡고 탄산을 최소화해야 합니다."

"신맛으로 균형을 잡는 건 우리도 시도해 본 바입니다. 하지만 맛이 변하는 건 막을 수 없었고요."

사장이 신물이 난다는 듯 퉁명스럽게 대구했다. 백종일은 여유로운 웃음으로 응수했다. 그들이 거기까지 알고 있었다고 해도 문제 될 건 하나도 없다.

"그럴 거라고 생각했습니다. 하지만 여러분은 죽어본 적이 없죠."

다음 순간 백종일이 연기처럼 사라졌다. 회의실은 긴 졸음에서 깨어난 듯 소란스러워졌고, 프로젝트 담당자는 사색이 되어 강령술사에게 달려갔다. 강령술사는 잠깐 연결이 끊긴 거라며 금방 다시 나타날 거라고 평온하게 말했다. 담당자가 장내를 수습하려고 진땀을 흘리는 사이 10분이 지났다. 백종일은 그 사이의 소동이 거짓말이라는 듯 다시 그 자리에 나타났다. 그의 손에는 황토색 서류 봉투가 들려 있었다.

서류봉투 안에는 한 식물이 들어있었다.

"츄파카브라랄라블라라는 이름의 식물입니다. 사후세계에서만 자라는 식물이죠."

백종일이 설명했다. 그에 따르면 츄파카브라랄라 블라는 사후세계에서 레몬이나 라임 대용으로 사용되는 식물로, 해발고도가 높은 곳에서 자라는데도 특이하게도 아이오딘을 다량 함유하고 있어서 감칠맛과 신맛을 함께 낸다. 올림포스 고산 지대의 만년설을 포세이돈이 바닷물로 만들었기 때문에 그런 기이한 식물이 생겼다. 죽은 사람들은 마치 한국인들이 김치를 먹듯이 츄파카브라랄라블라를 소비한다. 한번 죽어보면 라임이나 레몬은 너무 심심하다고 아예 입에도 대지 못하게 될 거라고 백종일은 농담했다. 그리고 츄파카브라랄라블라를 먹어보라며 임원들에게 하나씩 나눠주었다. 식물을 씹어 본 임원들의 이마에 깊은 주름이 파였다. 짧은 시식 시간이 끝난 뒤, 한 임원이 물었다.

"이 신맛이 뭐가 특별하다는 겁니까? 우리는 모든 종류의 신맛을 시도해 보았다니까요."

백종일이 웃었다.

"10분만 기다려 보시죠."

10분이 지났다. 백종일은 서류 봉투를 높이 들었다.

"조금 남았는데, 더 드시고 싶은 분 계십니까?"

모두 손을 들었다. 그리고 다른 이들도 모두 손을 들었다는 데 놀랐다. 백종일이 말했다.

"사후세계에는 이승에 있는 모든 동식물이 있습

니다. 하지만 이승에는 없는 것들도 있죠. 츄파카브라랄라
블라도 그중 하나입니다. 과도한 중독성이 인간에게 위험
하다면서 신들이 이승으로의 유출을 막았죠."

누군가 일단 식물이나 좀 더 내놓으라고 소리쳤
다. 백종일은 그 외침을 무시하고 계속 설명했다.

"츄파카브라랄라블라 특유의 맛에 소비자들을 중
독시킬 수 있다면 코카콜라는 우주에서도 꾸준히 팔릴 것
입니다. 한 번, 딱 한 번만 마시게 하면 성공입니다."

백종일은 자신만만한 표정으로 침묵을 지켰다.
이제 곧 그들은 꼬리를 내리고 자신에게 츄파카브라랄라
블라를 공급해달라고 애원하게 될 것이다. 백종일은 그 대
가로 무기를 요구할 생각이었다. 여전히 신이 지배하고 있
는 사후세계는 철저한 신분제이며 화폐경제 따위는 없었
다. 평생 프랜차이즈를 운영해 온 백종일에게 그건 끔찍하
게도 지루한 세계였다. 그는 사후세계의 자본주의를 원했
다. 그의 머릿속에는 벌써 수십 개의 프랜차이즈 계획이
들어있었다.

그러나 서류봉투를 열망 가득한 눈으로 바라보던
사장의 눈빛은 어느새 김빠진 콜라처럼 식어 있었다. 사장
은 책상을 두드리며 이렇게 외쳤다.

"그게 무슨 바보 같은 소리요. 아무도 우주에서 코
카콜라를 안 마시는 게 문제라니까!"

당선 소감

어제는 비가 내렸다.
오늘은 비가 내렸다.
내일은 비가 내렸다.
1년이 지났고, 여전히 비가 내렸다.
식물들이 아주 잘 자랐다.

짧은 글을 쓸 때는 이래저래 미분되는 기분이었습니다.
백종원 선생님께 심심한 리스펙트를 표합니다.

응모우수상

신이령

나의 우울은 어디에서
왔을까

신이령

부산, 대구, 제주, 서울 등 전국 곳곳에서 성장과 성숙을
거듭했다. 그래서 인생 자체를 여행이라 생각하는 사람.
대학교 졸업 후 10년 정도 일하던 간호사의 길을 이탈하고
새로운 길 위에 서 있다. 늘 그렇듯 어디로 향할지는
아무도 모르지만, 책과 글이 데려다 줄 새로운 세계를
기대하고 있다.

5월 마지막 주 수요일 오후, 나는 정신건강의학과 의사에게 상담 받고 있었다. 첫 질문은 증상을 묻는 것이었다. 나는 최근 조절하지 못할 정도로 짜증이 난 적이 많으며, 입맛이 없고, 잠을 깊이 못 잔다고 대답했다. 덧붙여서 지난 주 금요일에는 직장에서 울었다고 말했다. 갑자기 참을 수 없는 불안감이 들었다고.

　　나의 직장은 최근 1년 새 크고 작은 일이 많아서 우울증 진단서를 내자 흔쾌히 병가를 승인해 주었다. 쉬는 동안 주변 사람들에게 무슨 일이 있느냐는 연락을 자주 받았다. 나 스스로도 내가 진짜로 아픈 것인지 의심할 때가 많았다.

나의 일상은 표면적으로 평화로웠다. 나는 안정된 직장에 다니면서 취미로 글쓰기를 배웠다. 올해 결혼을 하면서 원가족과 극적으로 용서와 화해의 시간을 가졌고, 현 가족인 남편과는 둘도 없이 친한 친구이다. 집안에 우환도 없다.

직장에서 인계를 받다가 갑자기 울기 전까지 난 내가 아픈 줄도 몰랐다. 다만 직장에서의 인간관계가 힘들었다. 스트레스를 받지 않고 일하려면 얼마나 대충 일 해야 하는지 아직도 잘 모르겠다. 내가 갑자기 병가로 쉬게 되자 직장 사람 중 몇몇은 이렇게 말했다.

"성격이 너무 소심해서 그런 거야."

"스트레스 관리도 업무 능력이야."

동네 병원은 대기 환자가 너무 많았다. 진료를 받는 데 3시간이 걸렸다. 받아온 약을 먹으면 하루 종일 멍한 느낌이 들었다. 병가 기간 중간에 병원을 바꾸고 약을 바꿨다. 바꾼 약을 먹은 지 이틀째 되던 날, 구름이 걷히고 모든 것이 선명해지는 느낌을 받았다. '내가 진짜 아픈 거였구나!' 그러고 나자 배가 고팠다.

4년 전 자살과 자해를 주제로 대학원 학위논문을 쓰면서 나쁜 생각을 하지 않고 사는 사람들이 있다는 사실을 처음 알았다. 내 안에 있는 균열을 의식하면서도 논문을 쓰고 발표할 때는 나도 평균의 범주 안에 드는 척했다.

더 이상 우울을 내 안에서 곪게 두지 않고 치료를 받는 것이 다행인지도 모른다.

　　의사는 증상을 물어본 후에 과거 병력을 물었다. 간호사인 나는 이 질문에 의사가 원하는 답을 할 수 있었다. 작년 5월에 같이 일하던 동료가 '수어사이드'를 한 이후에 3개월 정도 '에스에스알아이' 계열 약을 먹으며 치료를 받았다고. 의학용어 안에 내 감정을 숨기며 담담하고 간결하게 답했다. 의사는 아, 하고 소리 내며 짧게 아래를 봤다가 다시 나를 쳐다보며 말했다.

　　"혹시 수술실에서 일하세요?"

　　"아니요. 내과 병동에서 일하는데요."

　　의사는 고개를 끄덕였다. 의사는 병원에서 일하는 사람들 중 업무 스트레스로 병원을 찾는 이들이 많다고 말해줬다. 직장을 그만두면 해결될 일이 분명하지만, 다른 직장에 가도 비슷한 일이 있을 거라고, 치료를 잘 받아 직장을 그만두지 않았으면 좋겠다고도 덧붙였다.

나의 우울을 꺼내어 글을 쓰는 것이 처음에는 망설여졌다. 머릿속으로 다른 주제를 떠올려봤지만 결국 다시 돌아오고 돌아왔다. 산책을 하다가 용기를 내어 나의 우울을 주제로 글을 쓰기로 결심했다. 나의 우울은 어디에서 왔는지, 나의 무력감은 어디에서 왔는지 알고 싶었다.

떠오르는 첫 장면은 이케아 가구로 채워진 서울 일원동의 쉐어하우스다. 나는 대학을 졸업하자마자 서울에서 간호사로 일하기 시작했다. 간호사 국가고시 시험을 치는 날에도 아르바이트를 했지만, 돈이 부족해서 보증금이 없는 쉐어하우스를 구했다. 방세를 내고 짐을 풀자마자 통장의 잔고를 확인했다. 십만 원도 안 되는 돈이 남아있었다. 월급을 받으려면 한 달은 기다려야 했다. 그 돈으로 출퇴근하고 밥과 반찬을 해 먹으며 꾸역꾸역 한 달을 버텼다. 월급을 받으며 통장에 돈이 쌓이기 시작했지만, 출퇴근 버스 너머로 빽빽하게 세워진 아파트를 보면서 이곳에서 계속 살 수 없을 것 같다고 생각했다.

같이 일을 시작한 동기가 많은 도움을 주었다. 낯선 서울에서 마음 붙일 곳이라고는 나와 같은 처지인 그 친구밖에 없었다. 두 달간 교육을 받고 본격적으로 일을 시작했다. 교육 기간이 끝나서 혼자 일하는 것을 '독립'이라고 표현하는데 부담스럽고 무서운 일이었다. 한창 힘들었던 시기에 그 친구가 자신의 집에 가서 밥을 먹자고 했다. 친구의 집은 작고 소박했지만 냉장고에 반찬과 국이 가득했다. 친구의 엄마가 보내준 음식을 우리는 같이 나눠 먹었다. 그날은 나의 아버지가 자신의 생일에 연락하지 않았다고 술에 취해 전화로 욕을 한 지 얼마 지나지 않은 날이었다.

누구나 알아주는 크고 좋은 병원이었지만 나는 첫 직장에서 2년도 버티지 못했다. 환자들이 언제 죽을지 몰라 무서웠고, 선배들은 늘 화가 나 있었다. 근무 중 밥을 먹거나 화장실을 가는 것도 사치스러운 일이었다. 새벽 다섯 시에 출근해서 저녁 여덟 시에 퇴근해도 신규라는 이유로 추가 수당을 주지 않았다. 일상을 통째로 병원에 붙잡힌 느낌이었다. 꾸역꾸역 버텨오던 내가 그만두게 된 이유는 결국 나를 위해서다. 그 당시에는 사는 것이 하나도 행복하지 않았다.

한 번은 실수를 한 나에게 선배가 화를 내며 말했다.

"그런 식으로 일할 거면 남자 친구와 헤어지거나 일을 때려치워."

그녀가 자신의 결핍을 투영하며 실언했을 때 그만둘 이유가 생겨서 다행이라고 생각했다. 그 후로 몇 년간 계약직으로 전전하며 방황했지만, 첫 직장을 그만둔 것을 후회한 적은 없다.

성인이 되어 처음으로 하고 싶은 일이 생겼던 것은 스물여덟 살 때였다. 법의학을 배우고 싶어서 대학원에 진학했다. 학교에 다니는 동안은 매일이 좋았다. 병원 안의 세상이 나의 전부였는데, 수사와 형법 강의를 들으니 세상이 넓어지는 느낌이었다. 학문 자체에 즐거움을 느껴서 이것이 그토록 찾아왔던 나의 길이 아닌가, 하는 착각에 빠졌다. 경찰 시험을 준비해서 응시했는데 최종에서 떨어졌다. 지금 생각해 보면 그건 내 운명이었다. 최근에 원도 작가의 글을 읽으면서 어차피 나는 경찰 사회에 오래 살아남지 못했을 것이라 느꼈다. 그 당시에는 경찰이 아니면 연구를 하는 사람이 되고 싶었다. 어렸을 때부터 글을 쓰고 싶었는데, 논문도 글이니까 학위논문을 쓰면서도 즐거웠다. 어쨌든 나의 학문적 뿌리는 간호학이라서 짧은 임상 경력을 채우기 위해 다시 병원에 가야겠다고 생각했다.

시험을 쳐서 지방의 2차 병원에 정규직으로 입사했다. 다시 돌아오기까지 6년 정도의 시간이 걸렸지만 현장은 크게 달라지지 않았다. 병원에서 간호사의 사명감이나 희생은 당연한 것으로 여겨졌고, 화폐 가치로 환산되지 않은 채 소멸했다. 작년에는 시간 외 수당을 받기 위해 마음고생을 했다. 수간호사와의 면담에서도 해결되지 않아 병원 노조에 편지를 보냈다. 나의 편지로 수간호사는 상부에 불려 갔다. 해결해 주지 않으면 그만두면서 10분 단위로 신고하겠다는 나의 으름장에 병원은 시간 외 수당을 지급할 수밖에 없었다. 월급명세서를 보면서 그렇게 싸워서 받은 돈을 계산했다. 한 시간에 2만 원도 되지 않는 돈이니까 내가 신청한, 아니 병원이 인정해 준 삼십 분은 몇천 원의 돈이었다. 그마저도 우리 병동의 특권이었는지 다른 병동에서는 여전히 시간 외 수당을 받지 못하고 있다. 나의 후배들도 결국 나처럼 수없이 좌절을 겪어야 했다.

국회에서 간호법을 발의했을 때 뭔가 조금 달라질 것 같은 희망이 생겼다. 병원에서 공가로 처리해 줄 테니까 병동마다 한 명씩 서울에 올라가서 집회에 참여하라고 했을 때, 수간호사는 나에게 다녀오라고 했다. 그날은 눈앞이 잘 안 보일 정도로 비가 억수같이 쏟아지는 날이었다. 대구에서 대관 버스를 타고 서울까지 올라갔다. 1시간 정도 집회에 참여하고 다시 버스를 타고 대구로 내려와야 하는 일정이었다. 전날까지 일을 한 상태여서 버스에서 입을 벌리고 자다 일어나기를 반복했다. 집회장에 도착하자 비가 더 많이 오기 시작했다. 주최 측은 우비를 나눠주며 우산을 쓰지 말라고 말했다. 빗속에서 우산 없이 몇 분 서 있자, 머리부터 발끝까지 젖는 느낌이 들었다. 집으로 돌아오는 버스 안에서 축축한 옷을 입은 채 집회 관련 기사를 검색해서 읽었다. 여러 입장이 얽혀 있었고 간호사 외 모든 의료 직군에서 간호사를 공격했다. 일부 정치인도 간호사의 권익 증진이 자신에게 유리한 일이 아니라고 생각했나 보다. 권력을 가진 많은 사람들이 간호법에 대해 부정적인 입장을 내비쳤다. 그날 이후로 병원의 집단행동에 아무것도 참여하지 않았다. 역시 시간이 흘러도 아무것도 바뀌지 않았다.

병가를 쓰고 나서, 내 스트레스의 일부인 그들이 나의 성격 탓을 했다고 들었다. 그때는 간호사가 저렇게 무식한 말을 해도 되는 건가, 생각했다. 학문적으로 우울증은 세로토닌 분비 이상 등의 뇌 기능 이상이다. 스트레스 원과 물리적 또는 시간적 거리가 멀어지거나 약을 먹으면 천천히 회복된다. 나는 계속되는 좌절 속에서 우울을 방어기제 삼아 살아남았을지도 모른다. 이런 와중에도 다행스러운 것은 독서와 글쓰기를 놓지 않고 계속하고 있다는 것이다. 아무것도 하기 싫은 와중에 어떻게 글을 쓸 수 있었냐 묻는다면 나의 주치의 의견을 답으로 내주고 싶다. 우울증 증상 중에서도 특정한 것에만 흥미를 느끼는 경우가 있다고 한다. 이를테면 영화 보는 것에만 흥미를 느끼는 우울증 환자도 있다고. 나에게는 글쓰기가 그랬다.

　　한때는 연구 논문을 쓰면 내 오랜 꿈을 이룰 수 있다고 생각했다. 하지만 아니었다. 나는 자기주장을 할 수 있는 사람이 아니었다. 내가 쓰고 싶은 글은 그런 글이 아니었다. 어린 시절 작가를 꿈꿨을 때, 현실에 못 이겨 간호사가 되겠다고 하지 말고 그냥 쓰고 싶은 글을 쓰며 살았으면 지금 어떻게 됐을지 가끔 상상한다. 아마도 지금 같이 글을 쓰지는 못했겠지. 알랭드 보통은 삶이 고단할수록 예술작품의 아름다움을 더 크게 느낄 수 있다고 했다. 나는 삶이 너무 고단한 나머지 인간의 선의와 사랑이 얼마나 감동스러운 일인지 매번 느낀다. 나의 예민함과 좌절과 우울을, 글을 쓸 때는 값싼 티슈처럼 마구 뽑아 쓴다. 나는 우울을 내가 평생 챙겨줘야 할 반려 감정으로 여긴다.

나의 우울은 어디에서 왔을까?

　　　그건 내가 소진되어 사라지지 않고 나답게 살아가고 싶은 마음에서 왔다.

당선 소감

어린 시절 작가를 꿈꾸다 철이 들면서 자연스럽게 그 꿈은 돈이 되지 않는다는 것을 알았습니다. 어른이 되어가면서 꿈보다 돈이 더 절실해졌습니다. 사랑하는 것을 포기해야 할 때는 쳐다보지도 않아야 할 정도로 냉정한 마음이 필요했습니다. 그래서 10년이 넘는 시간 동안 글을 쓰지 않고 간호사로 살았습니다. 안정된 삶을 살게 되면 언젠가는 꼭 다시 글을 쓰겠다는 마음을 깊이 숨겼습니다.

그러던 어느 날 갑자기 사랑하는 친구가 세상을 떠났습니다. 그 일은 제 삶의 많은 부분을 바꾸어 놓았고, 올봄부터 다시 글을 쓰기 시작했습니다. 제가 막연히 생각했던 '언젠가'는 오지 않을 수도 있겠다는 생각이 들었기 때문입니다. 저의 글을 읽은 사람들은 제게 슬픈 이야기를 담담하게 한다고 말해줍니다. 저에게 그런 재주가 있다면 그건 전부 그 친구 덕분입니다.

글은 생계에는 별 도움이 안되지만, 자꾸 저를 좋은 사람으로 잘 살고 싶게 만듭니다. 뭔가를 사랑한다는 게 그런 것 같아요. 때로는 나를 괴롭게 만들지만 굳이 시간을 들여서 잘하고 싶은 것. 그래서 나를 조금 더 나은 사람이 되고 싶게 하는 것.

아주 먼 옛날 사람들은 생존을 위해 사랑을 했습니다. 사냥하거나 농사를 짓는 일은 혼자서 하기에는 아주 힘들기 때문입니다. 그러나 요즘은 사랑이 꼭 필요하다 말하기 어려워졌습니다. 현대사회에서는 사랑을 외면하고 고립될수록 더 많을 일을 하고 더 큰돈을 벌 수 있을지도 모릅니다. 하지만 저는 여전히 내가 사랑하는 것들을 지키고 싶었습니다. 그런 의미에서 내가 써야 했던 글을 썼다는 생각이 듭니다.

간호사의 이야기를 다룬 제 글을 읽어주셔서 감사합니다. 우리나라의 간호사들이 인간적인 대우를 받으면서 일하길 바라고, 그로 인해 환자들도 더 나은 간호를 받길 바랍니다. 한편으로 제 글이 자기연민으로 읽히지 않았으면 좋겠습니다. 저는 제도권 안에서 일하고 있는 제 이야기만 할 수 있었습니다. 법 테두리 밖에서 일하고 있는 사람들도 있다는 것을 알고 있습니다. 모든 사람이 인격체로 당연하게 존중받으며 사람답게 살길 바랍니다.

제 꿈을 아낌없이 지원해 주는 남편과 밀도 있는 대화를 함께해 준 독서 모임 멤버들 덕분에 감사하게도 상을 받게 되었습니다. 새로운 영감과 용기를 주고받는 저의 스승 김나율 작가에게도 감사의 인사를 전합니다.

마지막으로 이 글을 읽으실 분들께 제가 가장 전하고 싶은 말을 하며 이 글을 마칩니다.

망설이지 말고 하고 싶은 일을 하시며 부디 나답게 살아가 주세요.

응모우수상

양휘호

실명

양휘호

글쓰기를, 그중에서도 특히 소설 쓰기를 아주
좋아하는 고등학생입니다. 삶에서 느낀 감정을
소설에 담아내고, 독자가 같은 감정을 느낄 수 있게끔
노력하고 있습니다.

7월 20일, 그는 오늘 실명 선고를 받았다. 눈이 멀기까지 일주일이 채 남지 않았다는 선고였다. 실은, 지난달부터 사진을 찍을 때 얼굴을 찡그리면 눈이 아파서, 무언가 이상하다 생각했지만 단순 피로로 치부했다. 그는 과거를 되짚으며 왜 병원에 가지 않았는지 생각했다. 무엇이 그렇게 급했길래 병원에 갈 시간도 내어주질 않았을까 하는 자책이 심장을 찔러댔다. 몇 주의 무심함이 내 인생을 모조리 망가뜨렸다는 생각이 가시질 않았다. 그는 생각했다. 다음 주부터는 영영 카메라의 셔터를 누르지 못하리라고. 그는 눈시울을 붉히며 하늘을 원망스레 올려보았다. 세상을 들여다보는 사람에게서 눈을 앗아가시면, 전 무엇을 해야 하는 겁니까. 하늘은 답하지 않았고, 그는 고개를 떨구었다.

한참을 쪼그려 앉아 있다 보니, 우울은 그치고 현실이 밀려왔다. 단칸방의 월세, 스물 후반의 나이에 실직, 맹인 생활까지 모든 것이 그에겐 막막했다. 당장 월세를 내기도 힘든 상황이 되어버렸다. 시력을 잃으면 사용하지 못할 물건을 팔아야 하는 건가 싶어 주변을 살펴보니 속이 울렁거렸다. 그저 열심히 살았을 뿐인데, 너무나 억울했다. 세 시간 뒤면 편의점에 아르바이트를 하러 가야 하는데, 전혀 가고 싶은 기분이 들지 않는다. 점장님께 성의 없는 문자를 달랑 남기고, 휴대전화를 꺼두었다. 그는 더 이상 남의 시선이 중요치 않았다. 생각에서 벗어나고 싶을 뿐이었다.

7월 21일, 그는 아침 일찍 카메라를 챙겨 밖으로 나왔다. 그리곤 눈에 들어오는 모든 것을 찍었다. 지하철 역의 타일 바닥, 솜뭉치 같은 구름과 그 외 눈이 멀어버린 내가 잃게 될 것들을 연신 찍어댔다. 지나가는 사람들의 신발 색까지 바라보며 시각적 집착을 내비쳤다. 모든 색과 형태를 눈에 담아두고 싶은 욕심에 사방의 모든 걸 강박적으로 눈에 담고자 했다. 그러나 그는 금방 피로해졌고, 돌아가는 길에 요깃거리를 사서 도로 단칸방으로 향했다. 방의 불을 켜자, 난잡하게 어질러진 방의 모습이 보였다. 그는 잠시 정리할지 고민하였으나, 포기하고 허기나 채우기로 결심했다. 요깃거리로 산 삼각김밥을 한 입 깨물어 먹었다. 그러나 그가 가장 좋아하는 맛의 삼각김밥은 이젠 별다른 감흥을 주지 못했다. 너무 자주 먹어 질린 듯했다. 다시 새 음식을 찾을 생각을 하니 그의 가슴이 답답해졌다. 실명은 찾아오기도 전부터 그를 옥죄여왔다.

그가 현실에 몸서리치고 있을 때, 누군가 현관문을 두드렸다. 굳이 찾아올 사람이 있나, 하는 생각을 하며 그는 현관으로 걸어갔다. 그는 문고리를 돌리고 나니 문앞에 서 있을 사람이 짐작이 갔다. 어제 분명 월세를 냈어야했는데…. 그는 식은땀을 흘렸다. 허리를 구부리고, 어깨를 좁히고, 눈을 바닥으로 내리깔며 최대한 자신을 낮춘 채로 입을 열었다.

"아, 사장님. 죄송합니다. 어제 드려야 했는데, 정말 죄송합니다. 제가 돈을 마련하지 못 해서, 이번 주까지만이라도 어떻게 안 될까요?"

"그렇게 미안해하지 마요."

집주인은 손을 연신 내저으면서, 당혹스러운 목소리로 말했다.

"항상 날짜 맞춰서 잘 입금하더니, 갑자기 돈이 안들어왔길래 무슨 일 생겼나 싶어 와본 거에요. 평소 잘 입금하니까, 그 정도는 기다릴 수 있어요."

집주인이 화나지 않았다니 잘된 일이지만, 그는 언짢은 기분이 들었다. 그는 감사를 전하고 집주인을 서둘

러 돌려보냈다. 그는 현관문 앞에 선 채 고민했다. 왜 기분
이 불편해졌을까. 그는 무의식적으로 답을 중얼거렸다.

　　"착한 척하고 있어. 결국 돈 뜯으러 왔던 거면서."

　　7월 22일, 그는 진동 소리에 눈을 뜨고 휴대전화
를 확인했다. 중고 거래 사이트에서 알람이 하나 와 있었
다. 어제 중고 거래 사이트에 카메라를 등록했었는데, 오
늘 거래가 가능하냐는 글이 와 있었다. 그는 탁자 위 카메
라를 바라보다 휴대전화의 자판을 눌렀다. '네, 오늘 몇 시
에 가능하세요?'

　　그는 삶의 의미를 잃은 상태였다. 지금 무언가 한
다고 어떤 이득이 있기는 할까? 오늘부터 스스로 해낼 수
있는 게 있긴 한가? 그는 중고 거래의 약속 시간까지 남은
시간을 이런 종류의 몽상에 투자하기를 택했다. 그는 자
신이 하나의 돌덩이 같다고 느꼈다. '사진 찍기'라는 반질
거림을 잃어버린 돌은, 강물에나 던져질 잡석에 불과했다.
그는 그런 결말이 두려웠기에 이제라도 점자를 공부하는
것을 고민해 보았다. 반질거림이 다하기 전에 강물 속으로
뛰어드는 것 또한 고민해 보았다. 그러나 그는 가라앉을
용기 따위는 없었다. 그렇다면 남은 선택지는 하나뿐이었
다. 그는 휴대전화로 점자 공부하는 법을 검색하다, 며칠
뒤의 미래가 무서워 몸부림치는 자신이 불쌍해 입술을 깨
문 채 흐느꼈다.

그는 외출복을 꺼내 입고 화곡역으로 향했다. 카메라 구매자가 가까이 오기로 했었지만, 그가 이동하는 대신 금액을 조금 더 받기로 한 탓이었다. 열차에 타 약속 장소인 발산역으로 향하였다. 열차에서 내린 그는, 자신이 찾아 나서지 않아도 카메라를 알아볼 수 있도록 카메라의 스트랩을 목에 건 채 출구 주변을 서성거렸다. 얼마 지나지 않아 한 사람이 말을 걸어왔다.

"혹시, 카메라 판매자 분이신가요?"

말끔한 모습의 남성과 그의 손을 잡은 채 따라온 초등학교 저학년 정도의 아이. 그는 두 명을 번갈아 보다, 자신이 맞다고 답했다. 카메라를 건넸고, 계좌로 카메라값이 들어왔다. 어제까지만 해도 자신이 쓰던 카메라를 낯선 아이가 이리저리 살피는 걸 보니 그는 오묘한 기분이 들었다. 그는 이 기분을 깨기 위해 입을 열었다.

"카메라 사용법은 제가 보내드린 거 보시고, 더 자세히 궁금하시면 검색하셔도 잘 나올 거예요."

그는 입가에 쓴웃음을 짓다가 쪼그려 앉으며 아이와 시선을 맞췄다.

"얘야. 사진사가 꿈이니."

아이는 우물쭈물했다. 그러자 옆에 서 있던 남성이 사진 찍는 것이 좋은 취미라 생각해서 사주었다고 알려주었다. '그렇구나.' 그는 고개를 푹 숙였다가 몸을 일으켰다. "카메라 잘 쓰세요." 그는 인사를 건네고 지하철역으로 들어섰다. 동시에 그의 마음도 지하로 발을 들였다.

'사진은 취미구나. 많이 어려 보이던데, 카메라 꽤 비싸지 않았나…' 그는 자신의 명줄이 누군가의 유년기 추억과 비슷한 금액이었다는 것을 믿고 싶지 않았다. 자신이 너무 초라하고 가벼운 존재 같아서.

7월 23일, 평소보다 눈이 일찍 떠졌다. 시간을 확인한 그는 여전히 누워있었다. 오늘 해야 할 일을 잠시 정리해 보았다. 우선 월세를 보내야 했다. 휴대전화를 쥐고, 어제 카메라를 팔아 마련한 돈을 긁어모아 월세를 이체했다. 자신의 반쪽까지 팔아넘겼는데도 남은 돈은 머리가 아플 만큼 적었다. 이래서야 인간다운 삶은커녕, 살아남을 수는 있는지 의문이 들었다. 그는 의문에서 풀려나고 싶어 밖으로 나섰다.

햇살이 부서져 내리는 한낮. 그런 한낮 뙤약볕 아래를 지나는 그의 마음은 화창한 날씨와는 꽤 대비되었다. 눈에 띄게 몸이 늘어져선, 곧 죽을 사람처럼 백화점에 들어섰다. 그는 건물의 팔 층까지 올라갔다. 그곳의 모퉁이에는 서점이 들어서 있었다. 그는 책 검색대의 자판을 두드렸다. 점자 공부. 그는 검색대 화면에 뜬 책을 찾아 계산대로 가져갔다.

그는 계산대 앞에 서 있는 시간을 좋아하지 않았

다. 심판받는 기분이 든 탓이었다. 눈도 멀쩡하면서 점자 공부 책을 사는 자신을 이상하게 볼 수도 있다는 생각에 침을 삼켰다. 그는 거기서 한층 더 들어가, 책을 사는 이유를 묻는다면, 대신 사주는 것이라고 둘러대야겠다고 생각하였다. 그제야 그는 안심하며 책을 사 나올 수 있었다. 건물을 빠져나오자 화사한 햇볕이 그의 눈에 들어왔다. 그는 발걸음을 옮기며 눈 부신 태양을 흘겨보았다. 그가 죽어가는 것은 상관도 없다는 듯, 세상은 언제나처럼 아름다운 모습이었다. 오랜만에 고개를 들고 바라본 하늘은 수없이 찍어대었던, 그가 사랑하던 모습 그대로였다. 그는 울컥하는 느낌을 받았다. 살아남고 싶다는 욕구임을 그는 알아차렸다. 그는 살고 싶었다. 동시에 반짝거리지 않는 자기 삶이 두려웠다.

집에 돌아온 그는 상상을 시작했다. 첫째, 의사의 말대로 실명한다는 가정을 상상했다. 아마도, 오늘부터 모든 시간을 점자 공부에 할애한다고 해도, 원래처럼 살기는 힘들 것이다. 무엇보다 보이지 않는 공포가 싫었다. 삶이 무서워 삶을 외면하게 되었지만, 그럼에도 인간인지라 살고 싶다는 생각이 맴돌았다. 둘째, 일주일을 넘겨도 내 눈이 멀지 않는다는 가정. 되려 망상이나 희망에 가깝다. 그럼에도 가장 달콤하기에 빠져들기 쉬운 가정이었다. 내 눈이 멀쩡하다면, 다시 이 방에서 나가 내 삶을 살고, 돈을 빌려 카메라를 다시 구하고, 직업을 되찾고, 빌린 돈을 갚고, 모든 건 원래대로 돌아간다. 그는 분명 두 번째 가정, 몽상이나 희망의 위험성을 알고 있었음에도, '모든 건 원래대로'라는 생각에 꽂혀 몽상에 깊이 빠져들 뻔하였다. 운이 좋게도, 그의 풀린 동공에 점자 책이 들어온 덕에 깨어날 수 있었다. 그럼에도 몽상에서 빠져나온 그는 망설였다. 지금부터 점자를 공부한들 변화가 있을까 하는 걱정에 점자 공부 책을 펼쳐놓고 첫 장만 들여다보았다. 그러나 그는 묵묵히 다음 장을 넘겼다. 이성은 본능을 넘지 못했다.

7월 24일, 그는 잠에 제대로 들지 못한 채 다음 날을 마주했다. 오랜만에 지독한 몽상을 한 탓인지, 눈을 감으면 잠은 오지 않고 온갖 몽상이 머릴 채웠다. 그리고 그 중 한 가지가 지독하게 그를 괴롭혔다. '내가 예상보다 일찍 실명한다면?' 단 하나의 섣부른 몽상은 그의 머릿속에 공포로 뿌리내렸다. 몽상에 사로잡힌 그는 잠은커녕 눈을 감기도 힘에 부쳤다. 잠을 자려고 해도 번번이 눈을 영영 뜨지 못할 것 같은 공포가 몰려왔던 탓이었다. 그는 방 안의 모든 서랍을 뒤졌다. 어딘가에 수면제가 있을 텐데, 억지로 먹고 머리를 비우자는 생각이었다. 그는 어렵게 수면제를 찾아냈다. 수면제 통을 연 그는 정확히 권고량만큼 알약을 집었다. 알약을 입에 털어 넣고, 마음을 편하게 두고 싶어 숨을 깊게 몰아쉬었다. 눈 한번 감았다 뜨면 괴롭지 않을 거야. 그는 끝없이 되뇌었다. 몸을 떨며 천천히 눈을 감았다. 눈꺼풀이 무거웠다. 두려움에도 정신은 몽롱해져만 갔다.

　　7월 25일, 그는 어제, 그러니까 24일 내내 잠을 잤다. 회복한 그는 간단하고 명확한 망상 대처법을 찾았다. 눈이 멀면, 도움 요청만 할 수 있게끔 휴대전화를 항상 가지고 있으면 된다는 것이었다. 음성 인식 기능으로 전화를 거는 연습도 해보았다. 그는 더 이상 실명이 그렇게까지 두렵지 않다고, 담담하게 마주할 수 있을 거라 생각했다. 그런 생각을 하는 머리와는 달리, 그의 손은 어두운 방을 더듬거리며 점자 공부 책을 찾았다. 불을 켜고; 공부를 시작했다. 머리가 말끔했다. 눈에 담고 싶은 것은 담았고, 보이는 삶에 대한 집착도 없다. 가끔 마음이 조금 울렁거리는, 실명에 대한 본능적 공포를 제한다면 모든 건 완벽했다. 무언가를 먹고 싶다거나, 누군가를 보고 싶다거나 하는 욕구는 스스로 설득하여 참아낼 수 있었다. 실명은 완벽히 준비되었다.

　　연신 공부하던 그는 지친 나머지 매트리스에 축 처져 누워있었다. 휴대전화로는 좋아하는 노래들을 틀어놓고, 창밖에서 떨어지는 황혼을 즐겼다. 그의 머릿속에선 지금까지의 기억이 스쳐 지나갔다. 유년기의 향수부터, 현재까지 느껴온 현실의 씁쓸함까지 하나하나 떠 오르다 흩어졌다. 그는 좋으나 싫으나 자신의 인생 첫 번째 장은 끝났다는 걸 알고 있었다. 오늘부로 회상은 하지 않으리라 마음먹었다. 내일이 지나고, 실명이 찾아오면 그때부터는 새로운 인간인 것이라고 그는 결심했다. 그렇게 그의 삶은 한쪽 넘어갔다.

　　7월 26일, 그는 창밖으로 푸른 새벽을 보았다. 초침이 하나씩 넘어갈 때마다 긴장감이 흐려졌다. 모든 준비는 끝났으니, 남은 건 실명뿐이었다. 그는 언제 다가올지 모를 실명을 기다리며 긍정적인 미래를 생각해 보았다. 눈이 멀더라도 어떻게든 아등바등 살다가, 몸을 내던지며 한껏 열을 올리다 늙어버리고 말면 촌으로 떠나야겠다고. 그 촌에는 분명히 소나무가 늘어선 해안 도로가 있고 소금 머금은 바람이 있고 그 바람이 뜨거운 여름과 나의 열을 조용히 식혀줄 수 있을 거라고. 이런 생각은 그의 마음을 더욱 편하게 만들어주었다. 자기암시가 아니라, 이젠 정말로 실명이 두렵지 않은 것 같았다. 그는 숨을 깊게 쉬고, 평온히 운명을 기다렸다.

당선 소감

먼저 매우 감사하다는 말씀을 드리고 싶습니다. 저는 사실 당선에 대한 기대가 전혀 없었습니다. 〈실명〉은 소설다움을 갖춰 만들어 본 저의 첫 번째 실험작입니다. 공모전 일정에 맞춰 제출하기 위해 제 인생에서 가장 바쁜 시간을 보냈습니다. 그러다 뜻밖의 당선 사실을 알게 되었습니다. 미숙한 제 글을 좋게 봐주셔서 감사합니다. 앞으로 더 좋은 글을 쓸 수 있게끔 노력하겠습니다.

심사 경위
심사평

심사 경위

군산초단편문학상이 또 한 걸음을 내딛는다. 이 모두가 그 어디에도 기댈 곳 없는 이 황량한 시대에 야트막한 사랑의 자리를 찾기 위한 치열한 암중모색을 멈추지 않는 분들 덕분이다.

올해도 예상을 훨씬 상회하는 작품이 도착했다. 투고작은 총 2123편(시 1209편, 소설 583편, 수필 181편, 시나리오 95편, 희곡 27편, 기타 미지정 28편)으로 작년에 버금가는 편수였다. 올해 심사는 작년과는 다른 방식으로 진행되었다. 먼저 세 명의 예심위원이 투고작들을 나누어 읽고 본심 무대에 올릴 작품을 골랐다. 예심에서는 기존의 고착된 글쓰기 형식이 담아내지 못하는 새로운 현장에 주목하되 그 현장을 또 다른 형식으로 담아낸 압축적인 작품들을 우선으로 골랐으며, 그 집요하고 까다로운 시선을 견뎌낸 작품들이 본심에 올랐다.

모두 26편. 본심은 네 명의 본심위원이 9편의 수상작을 골라내는 방식으로 진행되었다. 본심에 올라온 작품 대부분이 대상이 되어도 손색이 없는 밀도와 열도, 그리고 혁신성을 내장하고 있어서 더 까다롭고 까탈스러울 수밖에 없었다. 먼저 각 작품이 얼마나 기존의 형식을 넘어서는 실험적이면서도 압축적인 시도를 하고 있는지를 살폈고, 그 시도들이 높은 완성도로 구현되었는지를 따졌으며, 그리고 그렇게 혁신적이면서도 높은 완성도를

지닌 작품이 이 시대의 구체적인 보편성을 제대로
포착했는지를 토론했다. 본심위원 네 명의 철학과 문학적
취향이 각기 달라 토론의 과정은 지난했다. 각 작품의
장처는 물론 사소한 결점까지도 들춰내어 따져보아야
했으며, 짧지 않은 난상토론 끝에 당선작을 선정하였다.
　　　우리들의 무모한 모험을 빛나는 성과로 빛내 준
당선자들에게 축하의 말을 건넨다. 동시에 당선자들은 물론
모든 응모자들의 다음 작품도 기대한다.

　　　제2회 군산초단편문학상 심사위원단
　　　예심 심사위원: 김세나, 양재훈, 임주아
　　　본심 심사위원: 강형철, 류보선, 신유진, 조예은

예심 심사평
지금 필요한 문학의 한 형태
양재훈(문학평론가)

심사 내내 '초단편'이라는 이름에 걸맞는 작품이란 어떤
것이어야 할까 고민했다. 먼저 분량에 대해 생각했다.
짧은 분량은 '기성문단'의 존재 방식과 문학의 소통 방식에
질문을 품을 수도 있지 않을까?

우리에게 익숙한 문학의 생산과 향유 방식은 오랜
숙련을 거쳐 완성된 기술을 지닌 전문적인 작가에게서
창작되어 독자에게 전달되고, 독자는 문학 작품 읽기와
관련된 교양을 상당한 수준으로 쌓아 두고 있을 것을
요구한다. '초'라는 강렬한 접두어에 걸맞는 짧은 분량은
쓰고 읽는 사람의 부담을 상당히 줄여줄 것이다. 그렇다면
그것은 전과 다른 문학의 존재 방식을 찾는 길로 이어질
수도 있지 않을까.

그러나 '초단편'이라는 이름은 지금껏 문학이
보존해 온 가치들에 대한 강력한 수호의 의지를 환기한다.
따지고 보면 전문적인 작가와 숙련된 독자 집단에 한정되지

않고 모두에게 열린 쓰기와 읽기는 그리 새롭지 않다. 이미 웹소설 플랫폼 등을 통해 활발히 행해지고 있는 것들만 봐도 그렇다. 그에 반해 초단편이라는 이름은 일상에 젖어 있는 뇌를 충격하는 강력한 한방을 기대하게 한다. 그런 의미에서 그것은 일상에 대한 반성과 거리두기를 통해 세계와 존재에 대한 굳어진 관념을 타파하고 삶에 대한 새로운 감각을 일깨우고자 하는 문학의 본령에 닿아 있다. 그것은 즉각적으로 생산되고 소비되며 삶에서 마주치는 고민과 고통들을 마비시키는 것과는 거리가 멀다.

그렇다면 결국 분량은 문제가 아니게 된다. 짧은 분량을 염두에 두고 시작한다더라도 결국 분량은 아무래도 좋다고 할까. 엽편소설이나 미니픽션 등 이미 있어 왔던 용어가 아닌 '초단편'이라는 새로운 이름, 그리고 소설로 장르를 제한하지 않은 공모 방식은 그런 의미에서 시사하는 바가 크다. 문학이 지금껏 해 왔던 일들을 충실히 행하면서도 쓰고 읽는 사람의 범위를 획기적으로 넓히는 것, 동시에 기존의 문학이 미처 담아 내지 못하던 문제를 발견해 내고 그것을 담아 내기 위한 전혀 새로운 형식을 발명해 내는 것, 이를 위해 '단편'이라는 형식을 초월해 내는 것. '초단편'이라는 이름은 그것이야말로 지금 필요한 문학의 한 형태임을 주장하고 있는 게 아닐까. 때문에 심사에서도 분량은 크게 신경 쓰지 않았다. 짧고도 강렬한 작품이 선호되었지만, 길다고 해서 배격하지도 않았다. 짧은 분량을 염두에 두고 시작했더라도 작품 자체가 긴 분량을 요구할

수도 있는 일. 그러한 필요를 과도하게 넘기지만 않으면
충분했다.

　　심사는 현재적인 문제를 정확히 다루기 위해
발명된 새로운 형식, 또는 새로 발명된 형식을 통해 발견된
새로운 문제의 발견에 대한 기대감 속에서 행해졌다. 물론
그것이 어떤 것이어야 하는지, 또는 어떤 것일 수 있는지
우리는 알지 못했다. 다만 그런 작품이 2100여 편의 작품들
속에 숨어 있다가 우리를 놀라게 할 순간을 기대했을 뿐.

　　예심에서는 응모작 2100여 편을 30편 이내로
선별하려 했다. 요구되는 분량이나 형식의 제한이 없는
만큼, 짧은 분량 안에서 강렬한 인상을 남기고자 하는
의도가 보이는 작품이 많았다. 특히 AI나 우주여행 등
미래적 상상력을 활용한 작품이 꽤 눈에 띄었다. 그러나
아무리 참신한 상상력이라도 그것이 필요한 이유가
납득되지 않는 경우도 많았다. 왜 지금 그 이야기가 그
형식으로 쓰여야 하는지 고민이 필요한 경우라고 하겠다.
우리는 강렬한 인상을 남기면서도 진지한 성찰을 담고 있는
작품들을 고르고자 했고, 그렇게 26편의 본심 진출작을
정했다. 모두 참신한 상상력, 위트 있는 문장, 일상에
대한 차분하고 진지한 성찰 등을 담은 작품들이었다.
그중에서도 특히 우리의 눈을 강하게 잡아둔 작품이 둘
있었으니 아래와 같다.

　　대상 당선작인 〈낯선 사건에 바치는 뻔한 제물〉은
예심 단계에서도 가장 눈에 드는 작품이었다. 이 작품은

우선 매혹적인 문장으로 예심위원들을 감탄시켰다. 처음 세 문장만으로도 본심 진출이 당연해 보였을 정도다. 0과 1의 조합으로만 구성된 기호처럼 평면화 된 삶(등장인물들의 이름이 영과 일이다), 이모티콘으로 이루어지는 대화창처럼 의미를 잃어버린 기호들만을 주고받는 소통의 문제 등을 만두 이모티콘 모양으로 변신한 서술자를 통해 짧은 이야기 속에 녹여낸 솜씨도 좋았다. 마치 그런 주제는 생각한 적 없다는 듯 시치미 뚝 뗀 채 자세히 말하지 않고 끝내 버린 절제된 태도 역시 훌륭했다. 단 한 가지 아쉬운 점이 있다면 제목이었다. 세련되게 시치미를 떼고 있는 내용과 달리 제목은 너무 정직했기 때문이다. '참신한 이야기에 붙여진 뻔한 제목'이라는 느낌이랄까?

〈옥서면 캘리포니아〉는 수필에 대한 고정관념을 타파할 수 있는 빼어난 수필이라는 점에서 눈에 들었다. 흔히 수필은 '붓 가는 대로 쓴 글'이니 '무형식의 형식'이니 하는 말로 이야기되곤 하는데, 이는 수필에 대한 왜곡된 관념을 확산시킨 원인이기도 하다. 빼어난 수필은 결코 신변잡기에 관한 사적인 고백에 그치지 않으며, 그 시대 그 사회에 던지는 보편적이면서도 구체적인 메시지를 담고 있기 때문이다. 〈옥서면 캘리포니아〉는 지역성, 시사성, 보편성, 구체성을 두루 갖춘 수작이었다.

이 외에도 두루 좋은 평가를 받은 작품들이 가작과 응모우수작으로 선정되었다. 당선된 아홉 분의 작가들에게 무한한 축하를 보낸다. 또한 본심에 올랐으나 아쉽게 탈락한

17편 역시 분명한 장점을 지닌 작품들이었음을 첨언한다. 다시 만날 날이 멀지 않으리라 예감한다. 올해 2회차를 맞는 군산초단편문학상이 그 이름에 걸맞는 새로운 문학의 형태를 만들어 냈다고 말하기는 아직 조심스럽다. 그러나 작년과 올해 두 번에 걸쳐 배출한 작품들을 보면 앞날을 크게 기대해 봐도 좋겠다.

본심 심사평
문학의 미래와 초단편문학의 힘

류보선(교수·문학평론가)

제2회 군산초단편문학상 본심 무대에 오른 작품은
모두 26편이었다. 도발적인 예심위원들의 까다로운
시선을 거친 작품들이라 기대가 크지 않을 수 없었다.
읽어보니 기대 이상이었다. 모든 작품이 만만치 않았다.
야심만만했다. 기존의 작품들이 담아내지 못한 생생한
현장을 담아내려는 열정이 남달랐다. 동시에 자신만의 고통,
자신만의 희망을 담아내기 위해 기존에는 볼 수 없었던
새로운 형식을 발명하려는 의지 또한 대단했고 대담했다.
군산초단편문학상이 우리 문학 전체에 혁신의 바람을 몰고
오는 날갯짓이 될 수 있겠다는 생각이 들 정도였다.

　　　본심에 올라온 작품 중 순식간에 시선을 사로잡은
작품은 여섯이었다. 우선은 최종적으로 응모우수상을 수상한
〈두 번째 비밀〉이다. 〈두 번째 비밀〉은 반전이 근사하고, 그
반전을 위한 빌드업이 치밀한 소설이다. 맨 마지막 한 문장을
위해 하고 싶은 말을 꾹, 꾹 눌러 담는 인내심이 대단하게

느껴졌다. 그리고 그렇게 놀랄 만한 인내심으로 지연하고 지연한 끝에 드러낸 메시지 또한 묵직했다. 그리 길지 않은 분량에 이런 '기법의 승리'에 가까운 기예와 묵직한 주제를 동시에 보여줄 수 있다는 점이 놀라웠다.

응모우수상을 수상한 〈코카콜라 맛있다〉 역시 유쾌한 소설이다. '코카콜라 맛있다'라는 신화를 우주 속에서도 구현, 이윤을 극대화하기 위한 자본가의 처절한 몸부림을 상쾌하면서도 냉소적으로 그려낸 점이 흥미로웠다. 또한 우리 모두가 기대하는 우주 시대가 자본주의 특유의 불평등 문제를 얼마나 극대화시킬 것인가를 암시하는 장면도 범상치 않았다.

가작 수상작 〈돌의 계보〉는 주어진 자리에서 최선을 다하지만 점점 '돌'로 전락하는 이 시대 아버지들의 자화상, 그러니까 민중의 실존 형식을 독특하게 이미지화 한 작품이다. 특히나 그 고단한 삶이 아무리 처절하게 몸부림쳐도 그 아들, 딸에게 기연히 이어지는 상황을 암시한 대목에서는 깊이 공감할 수밖에 없었다. 문득, 또 다른 작품들이 보고 싶어졌다. 역시 가작으로 결정된 〈옥서면 캘리포니아〉는 세상 사람들에게는 당연한 일로 받아들여지고 있는 지역 현안에 대한 깊은 천착을 보인 묵직한 에세이다. '옥서면'과 '캘리포니아'라는 양립하기 힘든 지명을 전면에 앞세워 군산의 현안을 충격적으로 드러내는 한편 그러한 식민지적 현실이 어떤 역사적 과정을 통해 형성된 것인지를 냉정하게 되짚는 점이 인상적이다.

뜨거운 열정과 차가운 현실 분석이 이상적으로 결합된 좋은 에세이다. 또 하나의 가작 〈알로에 베라〉는 반복 속의 차이를 적절하게 구현한 소설이다. 카프카의 '변신' 모티브를 이어받고, 들뢰즈의 '-되기'의 윤리학을 실천한, 그러면서 동시에 황정은, 이유리로 이어지는 소설적 계보를 계승한 〈알로에 베라〉는 앞의 소설과 인식론을 계승하는 한편 그 계보에 자신만의 촌철살인적 차이를 만들어내고 있다. 특히 화자의 아이를 위해 알로에로 변한 엄마의 줄기(그러니까 팔)를 잘라내는 대목은 요즘 세태를 아프게 환기하기에 충분했다.

　　　마지막으로 2024년 군산초단편문학상의 대상으로 결정된 〈낯선 사건에 바치는 뻔한 제물〉은 〈알로에 베라〉의 경우처럼, '변신'과 '-되기'의 모티브를 적극 활용한 재치 넘치는 소설이다. 무엇보다 이 소설의 장처는 기존의 모티브를 반복하면서도 자신만의 특이성을 더욱 빛나게 하는 소설적 솜씨였다. 〈낯선 사건에 바치는 뻔한 제물〉은 현대인의 제물과도 같은 비극적 삶을 암시하면서도 소설 전체를 감싸고 있는 분위기는 뜻밖에도 경쾌했다. 결과적으로 이 소설은 아이러니한 어조를 통해 '즐기면서 죽는' 혹은 '죽도록 즐기는' 현대인의 실존형식을 소설 전체를 통해 충격적으로 재현한다. 물론 주제를 보다 명확하게 할 수 있는 한 두 문장이 있었으면 하면 아쉬움이 없었던 것은 아니나 달리 생각하면 이것이 우리가 실험하고 있는 '초단편 문학'의 묘미일 수도 있다는 생각이 들었다. 놀라운 솜씨로 우리의 현실을 직시하게 해준 우리 문학동네의 동료 양서토 씨에게 축하의 말을 전하며 앞으로의 정진을 기대해 본다.

　　　2023년 숨죽이며 첫걸음을 떼어놓았던 군산초단편문학상이 2024년 힘차게 또 한 걸음을 내디딘다. 첫걸음이 모험의 시작을 선언하는 것이라면 첫 번째 걸음에 이은 또 한 걸음은 그 모험이 시도에 그치지 않고 역사적 장도에 들어섰음을 공표하는 것이라 할 수 있을 터이다. 이 장도에 기꺼이 동참해 준 수상자와 투고자들에게 고마움을 전한다. 수상자들은 물론 모든 응모자의 다음 작품을 만날 생각에 벌써 설렌다.

본심 심사평
포기하지 않는 방식으로 저항하는 이야기

신유진(작가·번역가)

두 번째는 늘 조금 더 애틋하다. 처음의 설렘이 지나가서, 책임과 부담감이 더해져서, 그럼에도 여전히 뜨거운 마음을 마주할 수 있어서. 제2회 군산초단편문학상을 준비하는 운영위원회와 심사위원들의 마음이 그런 애틋함이 아니었을까. 이제 이 문학상은 새로운 시도라는 문턱을 넘어 하나의 길을 만드는 과정에 있다. 이 길을 이어가다 보면 우리의 모험을 '전통'이라 부를 수 있을 것이다.

　　　지난해 심사위원들의 바람이 '초단편'이라는 이름에 걸맞은 작품을 만나는 것이었다면, 올해는 문학상의 의미를 확장해 줄 작품을 기대했다. 새로운 시도, 형식을 강조하는 것이 어쩌면 또 다른 한계가 되지는 않을까 염려했지만, 본심에 오른 26편의 작품이 모두 시도나 형식을 의식하기보다는 자기만의 이야기를 펼쳐나간다는 점에서 새로움의 의미를 다시 한번 고심하게 됐다. 어쩌면 우리가 기다리는 새로움은 틀의 파괴가 아닌 애초에 틀과

경계를 만들지 않는 이야기가 아니었을까.

　　　그런 의미에서 당선작들 중 가장 먼저 언급하고
싶은 작품은 가작을 수상한 〈옥서면 캘리포니아〉이다. 이
글의 흥미로운 점은 장소가 배경이 아닌 이야기의 중심에
있다는 점, 장소에 목소리를 부여했다는 점이다. 글을 쓰는
것이 무엇보다 대상에 생명력을 불어넣고, 그것에 가치를
부여하는 일이라면, 〈옥서면 캘리포니아〉는 그 의미를 가장
잘 구현한 작품이라고 할 수 있겠다. 대한민국에 우리가
닿을 수 없는 땅이 있다는 것, 철조망을 세우고 한쪽은
옥서면 다른 한쪽은 캘리포니아라고 불러야 하는 현실을
주제로 선택했다는 것만으로도 글쓰기를 향한 작가의
태도와 글의 의도를 충분히 짐작할 수 있었다. 또 기존의
수필 형식과 다른, 르포에 가까운 서술 방식을 택했다는
점도 주목할 만하다. 다만 문학이 어떤 진실을 말하고자
할 때, 객관성만큼 중요한 것은 작가만의 관점을 선명하게
말하는 용기가 아닐까. 옥서면 캘리포니아의 현실을
바라보는 작가만의 시선과 목소리를 조금 더 듣고 싶다.
설사 그것이 객관적 사실을 바탕으로 서술한 이 작품의
안정성을 흔들어 놓을지라도, 우리의 삶이 그렇듯 글 역시
위험과 안정 사이에서 흔들릴 때 가장 아름다운 균형을 찾을
수 있을 것이다.

　　　또 다른 가작 수상작 중 〈알로에 베라〉는 '부모
세대의 식물화'라는 참신한 소재를 다뤘다. '엄마가
알로에가 되어버렸다고 대뜸 전화를 걸어 울었다.'라는 첫

문장부터 시선을 사로잡는 이 글은 능숙한 솜씨로 이야기를
이끌어간다. 오랫동안 문학의 역할이 우리가 납득할 수 없는
비극의 근원을 파헤치기 위해 애썼다면, 이 새로운 작품은
어느 날 갑자기 찾아온 '식물화'라는 사건에 이유를 묻지
않는다. 크게 절망하지도 않는다. 다만 적응하며 살아간다.
여기서 비극은 무엇일까? 변했다는 사실일까? 너무 쉬운
수용일까? 필요하다면 알로에가 된 엄마를 고민 없이 잘라
쓸 수 있는 적응력일까? 비극이라 여기지 않는 비극을
다루는 방식이 너무 태연해서 애잔하다. 탁월한 이야기꾼이
직조한 이 글에 바라는 것이 있다면, 우리가 어떤 의문을
모두 해소할 수 없고, 문학이 답이나 해결책을 제시하기
위해 존재하는 것도 아니지만, 해소되지 않은 의문을 쉽게
버리거나 지우지 않음을 보여줬으면 하는 것이다. 그것이
초단편문학상이 바라는 세계를 향한 야트막한 사랑이
아닐까. 작가의 다음을 기다린다. 어쩔 수 없는 모든 일에
물음과 의문을 품는 것을 포기하지 않는 방식으로 저항하는
그만의 이야기를.

　　　　응모우수상으로 선정된 〈코카콜라 맛있다〉는
짧은 글 속에 현실과 판타지를 매끄럽게 통합한 점이
인상적이었다. 자칫 식상할 수 있는 자본주의의 욕망을
우주보다 무한하고, 사후세계보다 더 끈질기게 표현한 것은
탁월한 비유가 아니었을까. 무엇보다 유머러스함이 이 글의
독창성을 더해줬다. 아쉬운 점은 농밀함이다. 이념보다
더 복잡한 인간의 욕망을 조금 더 촘촘하게, 집요하게

그려냈다면 어땠을까. 이 글의 유머가 더욱 빛나지 않았을까 상상해본다.

　　같은 상을 받은 〈실명〉은 실명이라는 사건이 일어나기 직전을 다룬다. 7월 20일부터 7월 26일까지 예고된 불행을 마주하는 인간의 감정을 그려내며 언어의 층위를 다양하게 쌓아 올린 점이 주목할 만하다. 문학이 이야기를 전달하는 수단이 아니라 이야기 속에서 인간이 마주하는 깊은 진실을 탐구하는 과정이라면, 이 작품은 현재 좋은 출발점에 있다고 생각한다. 실명으로 인생의 첫 번째 장을 마무리하게 된 사람이 잃은 것과 그에게 남은 파편, 그리고 그가 그 조각들로 무엇을 재건해 나갈지 궁금하다. 글 속의 '그'는 삶의 한쪽을 넘긴다고 했지만, 넘겨진 장은 생의 결말이 아니므로. 그런 의미에서 실명을 기다리는 마지막 문장의 미완결성은 작가의 용기 있는 선택이었다고 말해주고 싶다.

　　대상 수상작 〈낯선 사건에 바치는 뻔한 제물〉은 초단편문학상의 중요한 요소인 서사의 압축성, 상징성을 가장 잘 구현한 작품이다. 물론 최종 심사에 오른 작품들이 모두 저마다 개성이 뚜렷하여 대상을 뽑는 일이 쉽지 않았지만, 그럼에도 심사위원들이 이 작품을 고른 이유는 자칫 허무한 이야기로 끝날 수 있는 소재를 힘 있게 끌어나간 작가의 문학적 감각이 돋보였기 때문이다.

　　이 소설은 '모든 머리는 만두를 닮았다.'로 시작된다. 그야말로 시선을 단번에 사로잡는 첫 문장이다.

화자는 돌연히 머리만 남은 자기 모습을 보고, 그 변화를
언어화해 보려 하지만('머리의 윤곽은 펑퍼짐하고 눈과 입은
더 커다래져서 실제 사람의 머리 같지 않았다'), '영'이라는
인물에 의해 '만두'로 명명된다. 종이 포장 용기 속에 잔뜩
들어 있는 만두, 모든 머리는 사실 만두를 닮았다는 말은
몰개성, 몰가치를 의미한다. 게다가 이 변신이 이들의 삶에
미치는 영향은 그저 회사에 출근할 수 없는 것, 그게 전부다.
상사조차 아프다는 말에 크게 의심하지 않는다. 다시 말해
화자의 존재는 애초에 만두를 닮은 수많은 머리 중 하나,
그 이상도 이하도 아니라는 것이다. 또 영과의 관계에서도
'나'의 변화는 크게 중요하지 않다. '영'에게 '나'는 '일'이든
'만두'이든 상관없다. '일'은 원래도 잘 돌아오지 않았고,
'일'이 없는 자리에 '영'은 익숙하니까.

　　　　〈낯선 사건에 바치는 뻔한 제물〉의 변신은 앞에서
언급했던 〈알로에 베라〉의 그것과는 조금 다르다. 〈알로에
베라〉가 천연덕스러운 서술로 변신을 공고화한다면, 〈낯선
사건에 바치는 뻔한 제물〉은 일종의 진실 게임을 제안하는
듯하다. 모든 머리는 만두를 닮았다고 화자가 말할 때
우리는 묻게 된다. 정말일까? 또 화자가 머리로 변했다고
할 때도 의심한다. 진짜일까? 이 모든 게 거짓이고, 화자
자신도 속고 있는 것은 아닐까? '나'는 그저 '일'이라는
하나의 자아를 잃었고, 그 상실을 견딜 수 없어 만두를
제물로 삼은 것은 아닐까. '영'은 '나'가 '일'이 아니라고
부인했고, '나'는 '일'의 목소리를 잃었다. '일'은 존재를

부정당하고 또 일부를 상실한다. 화자는 만두가 되어버린 자신을 이야기하지만, 그럴수록 선명해지는 것은 사라져 버린 '일'이라는 존재다. 독자는 이 이야기의 거짓과 진실을 구별하고, 만두가 아닌 '일', '일'의 있음을 밝혀내고 싶어진다. 우리를 이 진실 게임으로 이끄는 결정적인 요소는 소설 속에서 등장하는 남만 강에 바쳐진 만두 이야기일 것이다. 사나운 남만 강을 달래기 위해서 머리 대신 만두를 바쳤다는 만두의 기원. 독자는 이제 남만 강이 되어 묻는다. 이 소설 속의 머리는 진짜 머리인가, 만두인가. 만두와 만두의 기원을 소재로 삼아 이야기를 풀어내는 작가의 재기가 놀랍다. 문학에서는 때때로 진실이 사라지거나 은폐될 때 오히려 진정한 본질을 드러낼 수 있다는 역설적 미학을 다시 한번 상기시켜 준 작품이라 생각한다.

심사평에 다 언급하지 못했지만 〈돌의 계보〉, 〈두 번째 비밀〉, 〈방생〉, 〈나의 우울은 어디에서 왔을까〉 역시 독창적인 방식으로 현실과 허구, 일상과 비일상의 경계를 허물고, 인간의 내면을 예리하게 탐구하는 작품들이었다. 수상자들에게는 축하의 박수를 응모해 주신 분들에게는 격려와 감사의 인사를 보낸다.

제2회 군산초단편문학상 심사를 마치며 우리가 넘고자 한 한계와 경계에 대해 다시 생각해 본다. 이 문학상의 여정이 작고 빛나는 이야기들이 인간의 보편적 가치를 말하는 주제로 성장하는 데 동반자가 되기를, 진실의 깊이를 헤아리는 데 조력자가 되기를 바란다.

본문 심사평
백지 위에서는 모든 게 가능하다

조예은(소설가)

2천 편이 풀쩍 넘는 작품이 모였다는 소식을 듣고서 무척 놀랐다. 이 작은 도시에서 주최하는 초단편공모전에 무려 2천여 편이 모였다니. 각종 지표에서는 갈수록 읽고 쓰는 사람이 줄어든다고 하는데, 이렇게 많은 사람들이 저만의 글을 쓰고 있었다니. 왠지 모르게 감격스러워 벅찬 기분으로 본심 작품들을 읽어나갔다. 동시에 순차적으로 설렘과 두려움도 찾아들었다(그 불유쾌한 감정의 정체는 두려움에 버금가는 부담감이었다). 얇은 종이 안에 흩뿌려진 마음의 조각을 무엇 하나 놓치고 싶지 않다는 생각으로 심사에 임했다.

다행히 심사위원이 나 하나뿐은 아니라, 다양한 관점에서 여러 의견을 주고받으며 아홉 편의 수상작을 결정할 수 있었다. 본심에 올라온 작품은 스물아홉 편, 그중 짧은 분량에도 불구하고 장점이 도드라지며 균형감이 좋은 작품을 선별했다. 분량의 제약은 아무래도 시와

129

에세이보다는 희곡과 소설에 더 가혹했을 것이다. 희곡
중에서 수상작을 뽑을 수 없었던 게 이번 심사의 아쉬운
요소 중 하나다(희곡이 가장 응모작이 적었다. 소설은 시
다음으로 작품이 많았다). 하지만 제약이 클수록 어떤
매력은 그 안에서 더욱 빛을 발한다. 수상작들 모두가 바로
그런 빛을 가진 작품이었다. 앞으로도 꾸준히 수상자들의
새 글을 볼 수 있기를 바란다. 지치면 쉬기도 하면서 오래
즐기며 읽고 쓰기를 바란다. 다시 한번 수상을 축하드린다.
더불어, 아쉽게 아홉 작품에 들지 못한 다른 작품에도 분명
지나치기 힘든 반짝임이 있었다는 걸 꼭 말하고 싶다.

　　　　수상 소식이 기쁜 만큼 분명 당혹스런 이들도
있을 거라고 예상한다. 혼자 쓰던 글을 처음 지면에 내보일
때는 꽤 큰 수치스러움과 고통이 수반된다. 나의 경우엔 첫
단편 공모전 때 읽으라고 원고를 보냈으면서 그들이(얼굴
모르는 심사위원들이) 정말 읽었을 거란 생각에 오랜
기간 괴로워했다. 당선 소식에 기뻤으나 기쁨은 잠깐이고
앤솔로지에 실어야 한다는 압박감에 잠을 이루기 힘들었다.
지면에 오른다는 건 더 이상 고칠 수 없다는 것이다. 내
눈에 여전히 못생겨 보이는데 그대로 굳어진다는 것이다(이
스트레스는 사실 여전히 진행 중이다). 어찌할 수 없는
일이지만, 그래도 한 가지 확실한 건 스스로 아쉽고
부족하다고 느끼는 감정은 적어도 글쓰기에 있어서는
발전의 토대가 된다.

　　　　마지막으로, 고향에서 문학 공모전과 북페어가

성황리에 이루어졌다는 사실이 진심으로 기뻤다. 심사가 끝난 후에는 심사위원, 운영위원들과 공모전의 콘셉트인 '초단편'의 방향성에 대한 이야기를 나눴다. 현재는 짧은 분량을 나타내는 의미의 '초'였지만, 언젠가는 단지 원고지 매수가 아닌 초월한다는 의미의 공모전이 되기를 바라는 마음이 모였다. 동감하는 바이다. 백지 위에서는 모든 게 가능하다. 이 자유로움을 한껏 만끽하는 글을 만날 수 있기를, 또 나 역시 그런 글을 쓸 수 있기를 염원한다.

2024 제2회 군산초단편문학상 수상작품집

초판 1쇄 2024년 11월 30일

지은이

양서토, 김도란, 김영란, 류지희, 김란, 김희웅, 서윤, 신이령, 양휘호

기획 및 편집

군산초단편문학상 운영위원회

교열

두진휘

북디자인

신덕호

프로파간다

전북 군산시 구영4길 16-2

T. 031-945-8459

F. 031-945-8460

www.graphicmag.co.kr

전북특별자치도문화관광재단 지역문화예술육성지원사업의 예산으로
제작하였습니다.

ISBN 978-89-98143-89-3